別れを選びましたが、赤ちゃんを宿した私を一途な救急医は深愛で絡めとる

佐倉伊織

STARTS
スターツ出版株式会社

目次

別れを選びましたが、赤ちゃんを宿した私を一途な救急医は深愛で絡めとる

6

魅力的な人

雲ひとつない空は高く、空気が澄みわたっている。遠くの山々が、赤や黄の衣をまとい始めた初秋の今日は、とても気持ちがいい。

秋といえば食欲の秋。この時季はおいしいものがたくさんあって、食べすぎてしまうのが玉に瑕だ。

弁当屋の『食彩亭』で働き始めて一年半。二十八歳の私、本宮心春は、ストレートの長い髪をひとつに束ねて三角巾をつけた。

もうすぐ、名物の日替わり弁当〝食彩御膳〟を求める人たちであふれるはずだ。

食彩亭を切り盛りしているのは、『味楽』という一流料亭で板前をしていた、五十代半ばの重さんこと三輪重雄さんと、奥さまの恵子さん。ふたりが作った弁当を売るのが私の仕事。

「心春ちゃん、今日の食彩御膳はこれね」

できたてホヤホヤの弁当を私に見せる重さんは、少々強面だけれど優しい人だ。

「あっ、さつまいもご飯」

「好き？」

「大好きです」

「それじゃ、残しておくからたっぷり食べな」

さんまのかば焼き、里芋といかの煮つけ、青梗菜と豚肉の炒め物、レンコンの天ぷら、手作りのたくあんと、おかずも盛りだくさんだ。

一流の料理人が作ったこの弁当が、七百八十円で食べられる。

「ありがとうございます」

この仕事の醍醐味は、重さんが心を込めて作った料理を味わえること。あの味楽の味がこんなに気軽に楽しめるなんて、最高だ。

重さんは味楽での経歴を積極的に話してはいないが、その味が評判を呼び、食彩御膳はあっという間に売り切れてしまう。

周辺のオフィスに勤める人たちが買いに来るケースが多いものの、中には遠くから足を運ぶお客さんもいる。

ほかにも定番のかつ丼や、天ぷら弁当、ふわふわのだし巻きたまご弁当など、味に自信のある弁当が店内に所狭しと並ぶ。

奥さまの恵子さんは主に料理をトレイに盛りつける係で、量りもせずにピタッと同じ量のご飯を詰めるので、私はびっくりしている。

「心春ちゃん、そろそろ開けようか」

「了解です」

重さんに声をかけられて十一時少し前に入口の扉を開けると、ふわっと秋風が吹いてきて束ねた私の髪を揺らした。

私は大学卒業後、四年ほど大手食品メーカーの経理部で働いていた。

仕事自体はそれほど大変ではなかったものの、社員同士のコミュニケーションが盛んで、人と話すのがあまり得意ではない私にとっては居心地のいい職場ではなかった。

一流企業と称される企業のひとつで給料も高かったため、退職を決めたときは周囲の人たちから『もったいないよ』とかなり言われた。

それでも、限界だったのだ。

仕事が終わってからの半強制的な飲み会。昼休憩のときに仲間と繰り出すランチ。そして、人数合わせのために連れていかれる合コン。

どれも気乗りせず、しかし笑顔だけは絶やさず黙って食べ物を口に運んでいたのだが、そのうちそれがひどく疲れるようになった。

私は〝広く浅く〟という付き合い方が苦手なのだ。

退職後職探しをして、食彩亭の売り子に落ち着いた。

接客業なのでもちろん人と会話をしなければならないけれど、深い話をする必要もないし、販売するだけなら最低限のやりとりで済む。

とはいえ、時々横柄なお客さんもいて萎縮してしまうのだけれど。

「いらっしゃいませ」

今日最初のお客さんは、近くの会社の事務員の女性だ。週に一、二度、同僚の分もまとめて買いに来てくれる。こうして早めにやってくるのは、食彩御膳が早々に売り切れてしまうからだ。

「今日はさつまいもご飯だ！」

「はい。おいしいですよね」

前の会社ではおどおどしながら話していたが、ここでは自然と声が出る。

「毎年楽しみなのよね。食彩御膳四つと、いなり寿司弁当ふたつください」

「はい、すぐに」

それからもひっきりなしにお客さんが訪れる。近所にある大学の男子学生には、かつ丼の大盛が人気だ。

接客をこなしていると、十三時前に食彩御膳が売り切れてしまった。十四時くらいまで残っているときもあるのだが、今日はかなり早い。

十三時過ぎに男性のお客さんが慌てて飛び込んできた。

「食彩御膳売り切れ？」

「申し訳ありません。今日は足が早くて」

楽しみにしてくれていただろうお客さんに謝罪して腰を折る。そして顔を上げると、男性がしかめ面をしていたので、緊張が走った。

「あのさぁ、こんなに早く売り切れるなんて、商品管理がなってないんじゃないの？こっちは急いできたのに、ないってどういうことだよ。予約の電話をしたら受けてないと言うし、どうしろって⁉」

「申し訳ありません」

私は謝罪を繰り返す。

予約を受けていないのは、以前大量の予約をしておいて取りに来ないお客さんがいたからだ。

予約をしたいほど食彩御膳を楽しみにしてくれているのはうれしい。でも、重さんひとりで作っているし、たくさん残って廃棄になっても困るので、このスタイルを変えるのは難しいのだ。

「謝れば済むのかよ！ 俺の昼飯どうしてくれるんだ」

なにか嫌なことでもあったのだろうか。売り切れと聞いて残念そうに肩を落とす人はいても、ここまで怒りをむき出しにする人は記憶にない。

「本当にすみません。ほかのお弁当でしたら――」

「俺は食彩御膳が食いたいんだよ！」

男性の声が奥で休憩していた重さんに聞こえたようで、足音が近づいてくる。売り子の私がなんとかすべきなのにと焦ったが、男性の剣幕に強い恐怖を感じて言葉が出てこない。

「客は神さまじゃない」

重さんが店頭に姿を現した瞬間、店に入ってきた別の男性客が、怒りを吐き出す男性に声をかけた。外まで声が響いていたらしい。

「は？」

「たしかに食彩御膳はうまい。そんなに食いたければ、もっと早く来る努力をすればいい」

はっきり言い返しているのは、天沢（あまさわ）さんだ。彼は週に二、三度顔を出す常連客で、いつも笑顔で接してくれる、とても素敵な紳士だ。

見上げるほど背の高い彼が、凛々(りり)しい眉を少し上げて怒りを表す。黒目がちな切れ長の目はいつも優しい色をしているのに、今日は鋭く光っていた。

「お前には関係ないだろ」

「俺はここの店のファンなんだ。店の迷惑になる客は来ないでほしい」

すごまれてもひるまない天沢さんに、男性客はチッと舌打ちをしてさらに威嚇(いかく)している。しかし、天沢さんはキリリとした表情を崩さない。

「俺は金を払ってるんだ」

「作ってくれた人や店員さんに敬意を払えないなら去れ」

毅然と告げる天沢さんに、男性客は顔をしかめた。

「このお客さんの言う通りです。この店員は娘のように思っている大切な子だ。暴言を吐くなら帰ってくれ」

私をかばうように前に立った重さんがそう言うと、男性客は「二度と来ねぇよ」と吐き捨てて出ていった。

重さんの『娘のように思っている大切な子』という言葉には瞳が潤んでしまった。

「心春ちゃん、大丈夫かい？」

重さんが優しく尋ねてくれる。

「はい。お客さんを怒らせてしまってごめんなさい」

「なに言ってるの。あんな人、客じゃないから。心春ちゃんはなにも悪くないよ」

慰めてくれる重さんは、今度は天沢さんのほうに顔を向けた。

「お客さんを巻き込んでしまってすみません。うちの娘を助けてくださって、本当にありがとうございます」

「とんでもない。私こそ、お客さんを勝手に追い返してしまって……。さっきの人の分も、私が買いますから」

天沢さんの申し出に驚いたのは私だけではない。重さんも目を丸くしている。

「いやいや結構ですよ。お客さん、たくさん食べます？　よかったら助けていただいたお礼に、ひとつおまけにつけますから」

「私はひとつで十分です。でも、同僚の分も買わせていただきます。こんなおいしい弁当に、お代を払わないなんてあり得ません。ずっと作り続けてくださいね」

天沢さんの温かい言葉に、重さんは頬を緩めて「うれしいねぇ」とつぶやいた。

さっきの尖(とが)った視線は鳴りを潜め、柔らかい笑顔を見せる天沢さんは、いなり寿司弁当と鮭弁当を選んで私に差し出す。

「お願いできますか？」

「は、はい。助けていただき、ありがとうございました」

深く腰を折ると、彼は笑顔で首を振る。

「怖かったでしょう？　でも、辞めないでください。あなたに会えるのも楽しみですから」

意外なことを言われて、びっくりしてしまった。

「あっ、ありがとうございます。優しいお客さんに出会えて、私も幸せです。今日もお疲れさまです。またぜひお越しください」

私は手早く会計を済ませて、彼に弁当を渡した。

「大切にいただきます」

天沢さんは重さんに軽く会釈してから店を出ていく。

「ありがとうございました」

私はもう一度、彼のうしろ姿に深々と頭を下げた。

「いい人だねぇ」

重さんがしみじみとつぶやく。奥さんの恵子さんは時々店頭に立つので天沢さんを知っているが、厨房担当の重さんは今日初めて顔を合わせたのだ。

「はい。週に何度か来てくださるんです。お忙しいみたいで、食彩御膳は売り切れていることが多いのですが、いつも楽しそうに選んでいらっしゃって」

ときには私に『迷っちゃって……どれがおすすめ？』などと尋ねてくる。

普段、会話は極力少なくしたいほうなのに、彼に話しかけられると心が弾むのだ。

視線や口調が優しくて、安心できるからなのかもしれない。

実はそんな彼に、ひそかにあこがれているのは誰にも秘密だ。

「心春ちゃん、どう？」

「どうと言いますと？」

「あなた。余計なお世話よ」

重さんの質問に首を傾げていると、奥から出てきた恵子さんが制する。

なんの話？

「心春ちゃんも、そろそろそういう年頃だろ？　あの人が旦那だったら最高じゃないか」

もしかして私の結婚の話をしているの？　しかも天沢さんと？

さすがにあんな素敵な人にはもうそういう相手がいるだろう。

「あのねぇ、最近はそういうのもセクハラって言われちゃうんだから。あれだけの行動力がある人なら、あなたがお膳立てなんてしなくてもばっちり決めるわよ」

ばっちり決める？

恵子さんもなにを言っているのか理解できなくなってきた。

「あの人、いつも心春ちゃんを見る目がすごく優しいのよね。絶対心春ちゃん狙いで店に通ってるわよ」

「え！」

恵子さんまでそんなことを……。

「心春ちゃん。あなた、かわいいしよく働くし優しいし……なのに自己評価が低すぎるのよ。もっと自信持ちなさい。ほかにも狙ってる人いるわよ」

まさか！

ふるふると首を振ると、恵子さんが笑っている。

「世の中、いろんな人がいるの。さっきみたいな嫌な人もいるけど、助けてくれた彼みたいな素敵な人もいるんだよ。幸せになるのをあきらめちゃダメ」

幸せになるのをあきらめる……。

「そうですね。ありがとうございます」

結婚していく周りの人たちをうらやましいと思ったことはある。でも、自分とは関係ない世界だと思い込んでいた。

　けれども、私もそういう希望を持ってもいいのかな。

　ううん。過剰な期待を抱いたら、ダメだったときにつらいだけ。私は重さん夫婦にかわいがってもらえて、おいしいまかないまで食べられるこの生活が気に入っている。今でも十分幸せだ。

「あっ、いらっしゃいませ」

　今度は女性客が入ってきたので、私は再び笑顔を作り、接客に移った。

　ランチの時間が過ぎると、店には静寂が訪れる。といっても、調理をする重さんの手伝いがあるので、まだ忙しい。

「心春ちゃん、いんげんの筋取ってくれる？」

「わかりました」

　味付けは全部重さん。恵子さんですら手出ししない。恵子さんはその代わり、食品問屋の担当者との折衝を請け負っていて、値切り上手のしっかり者だ。今は銀行に行っている。

「そういえば、前に教えてもらったサバ味噌、すごくおいしくできました」

「ちょっと手間だけど、霜降りすると格段においしくなるよね」

〝霜降り〟というのは、サバを熱湯にくぐらせたあと冷水に浸け、臭みを抜くこと。冷水の中で血合いやぬめりを洗い流すのだ。

私はこれまで、生姜を入れて煮ればいいと思い込んでいたが、その前にひと手間必要だった。しかも、煮汁が冷たい状態で魚を入れて炊くとよいのだという。

重さんに教えられた通りの手順を踏んだら、自分でもびっくりするほどおいしいサバ味噌が完成した。

「プロの人が作るものがおいしいのは、見えないところで丁寧な仕事をしているからだとわかりました」

「味噌の味だけじゃ、どうにもならないからね。心春ちゃん、いい嫁になりそうだなぁ。……おっと、これもセクハラっていうやつ？」

恵子さんに言われたことを気にしているらしいが、嫌みを言っているわけではないのはわかっている。本気で心配してくれているのだろう。

「大丈夫です。ほかにもコツを教えてください」

重さんは、弟子までいたほどの料理人だ。それなのに、素人の私にも簡単でおいしく仕上がる方法を惜しげもなく伝授してくれる。

「もちろん。さつまいも好きなんだよね。天ぷらにするとき薄力粉に片栗粉混ぜてみな。サクサクになるから」

「そうなんですか。作ってみます。でも、天ぷらはハードルが高い」

重さんの揚げるかき揚げを食べたら、自分では作れなくなる。サクサク具合がまったく違うし、脂っこくないのだ。

「俺たちみたいに、これでお金をもらっている者はそれなりに作らないといけないけど、家で作る料理は心さえこもっていればいいんだよ。あれこれ考えすぎて調理が嫌いになったらどうしようもない」

その通りかもしれない。一流料亭の板前と同じようにしなくてはと気負っていたら、そのうち料理そのものをやめてしまいそうだ。

「心を込めてか……」

いんげんの筋を取りながら言うと、重さんはできたばかりの肉じゃがを私に差し出す。

「なんでもそうだよ。料理をするのも、心春ちゃんみたいに丁寧に接客するのも。真心ってやつは見えないけど、伝わる人には伝わるんだ。これ、味見してみて」

「いただきます」

味見なんてしなくてもおいしいに決まってる。重さんの料理にはしっかり心がこもっているもの。

「あー、これこれ。ジャガイモの中までしっかり味が染みてて最高です。幸せ」

重さんの肉じゃがは素朴な味わいだが、肉や野菜のうまみをしっかり感じられる逸品だ。

「心春ちゃんのその顔を見ると、俺も幸せだよ。さて、少し休憩」

重さんは厨房の丸イスに腰を下ろして、私の前にあるいんげんに手を伸ばして筋を取り始める。

「お休みになってください」

「これは調理のうちに入らないよ。心春ちゃんのその優しい心遣い、気づく人はたくさんいると思うよ」

優しいのは重さんのほうだ。弟子には厳しかったらしいけど、そんな面影はどこにもない。それに厳しくしたのは、きっと弟子を一人前にするために違いない。

「恵子も言ってたけどさ、誰にだって幸せになる権利があるんだぞ。心春ちゃんの傷も丸ごと受け止めてくれる人が必ずいる。……って、また余計なことだと恵子に叱られるな」

ペロッと舌を出した重さんは、今度は黙々と筋取りを始めた。

実は私の背中には、右肩から脇腹まで二十センチにも及ぶ大きな切り傷があるのだ。

重さんの温かい言葉に感謝しながらも、この傷を見たことがないからそう言えるんだと思うところもある。

幼い頃に負った傷なのだが、ケガそのものは治癒したのに、ケロイド体質だったせいで傷痕が赤く腫れ上がってしまった。外用薬や内服薬で治療をしたもののさほどよくならず、手術も検討したが体質的に新たなケロイドを作ってしまう恐れもあり断念。

ケガは治ったのだからと、小学校でのプールの授業にあたり前の顔をして水着で出席した。でも、私の傷を見た友達は怖がって離れていき、そのうち孤立してしまった。

私が人とかかわるのが苦手になったのはそれからだ。

昨日まで仲がよかった友人が、傷の存在を知ると陰に隠れて悪口を言い始める。そんなことの繰り返しだったので、人付き合いが嫌になってしまったのだ。

それからはひたすら目立たないように気をつけ、決して傷のことは話さず過ごしてきた。

傷はふさがっているとはいえ今でもかゆみはあるし、天候が悪いときや体調がよくないときには痛む。

重さん夫婦にも当初傷については伏せていたのだが、恋人の気配がない私を心配して恵子さんが持ってきてくれた見合い話を断るために、一年ほど前に打ち明けた。

傷痕のせいで陰口を叩かれて、人と会話を弾ませるのが苦手になってしまったこと。恋愛も怖くてできないことを正直に打ち明けると、恵子さんは涙を浮かべて抱きしめてくれた。『こんなに真面目ないい子なのに。うちの娘にしたいくらいだ』と重さんにまで励まされて、今に至る。

それから実の娘のようにかわいがってもらえたおかげで、ふたりの前では緊張もしない。こんな私を受け入れてくれるふたりに恩返しがしたいと、必死に働いてきた。

重さんたちが私のことを本気で心配しているのはわかっている。でも、醜い傷を抱えた妻なんて、誰だって嫌なはずだ。

重さんは、『傷も丸ごと受け止めてくれる人が必ずいる』と励ましてくれたが、今までさんざんつらい思いをしてきた私は、なかなか前向きになれないでいる。

好きな人に傷があることを告白して、顔をしかめられたら耐えられない。それなら最初から近づかないほうがいい。

とはいえ、最近は恋愛以外については積極的になってきた。

前の会社にいた頃は、日々の人間関係に疲れてしまい、家から出ることも少なかった。けれども、一生ひとりでもいい、でも人生は楽しみたいと考えるようになったら、重さんに料理を教わるのが楽しくなり、自立したいと思い立ってひとり暮らしも始めた。

前職より給料は減っているので贅沢はできないけれど、重さんが残り物をたっぷり持たせてくれるので食費があまりかからず、楽しく暮らせているのだ。

「ありがとうございます。重さんは、どうして味楽を辞められたんですか？」

味楽のほうが給料もよさそうだし、こんなに朝から晩まで働かなくてもいい気がする。それに〝味楽の板前〟なんて、この業界では賞賛される立場のはずなのに。

「恵子がさ、言うんだよ。味楽は特別な客しか行けない。幸せになれる料理を作れるのに、皆が食べられないなんて残念だって」

そうだったんだ。

たしかに政治家も御用達にしているという高級料亭の味楽は、敷居が高すぎて庶民には通えない場所だ。

「それで辞めて弁当屋やるって言ったら、あんたバカ？って。お前が言ったんだろってケンカになって……」

重さんはそのときを思い出しているのかクスクス笑っている。

でも、味楽を辞めて弁当屋とは、普通はない発想だ。恵子さんも腰を抜かしたのだろう。

「恵子が、辞めろだなんて言ってないでしょって怒るからさぁ、俺の味で皆を幸せにする。お前も幸せにしてやるって啖呵切ったんだ。俺、かっこいいだろ」

茶化した言い方をする重さんだが、照れくさいのかほんのり頬が赤くなっている。

「恵子さん、幸せですね」

「それがよー。朝から晩まで働き通しで、どこが幸せなの！って鬼の形相だよ。まあ、俺は今のほうが幸せだけどね」

忙しいのに違いはないけれど、恵子さんも幸せなんだと思う。ふたりは時々小競り合いをしているけれど、とても仲がいい。恵子さんも食彩亭の経営に本気で反対しているのなら、手伝ってなんていないはずだ。それに……。

「恵子さん、いつもおっしゃってますよ。うちの旦那の料理は世界一だって。こんなに安く売るのがもったいないって」

「……それはあれだよ。もっと儲けろってことさ」

重さんはそんなふうに言うけれど、今度は耳まで真っ赤に染まった。

素敵な夫婦だな。いつか私も旦那さまと……と考えてしまったものの、打ち消した。

三日後の祝日。その日は近所のスポーツ施設でバスケットの試合があったらしく、開店直後からてんてこ舞い。ランチタイムになると観客が押し寄せて、食彩御膳だけでなくほとんどの弁当が売り切れてしまった。

重さんがフル回転で追加を作り、なんとか在庫ゼロは防げたが、好きなものを選べないお客さんが続出して頭を下げ続けた。

ようやくランチタイムを切り抜けた頃、難しい顔をした女性客が入ってきた。

「いらっしゃいませ」

「あのー、さっき和風唐揚げ弁当を購入したんですけど、かつ丼が入ってて……」

「申し訳ありません」

すさまじい数をさばいたので間違えたんだ。

しかし、取り換えようにも唐揚げ弁当はひとつも残ってない。

「唐揚げが売り切れてしまいまして」

「そうなの？　息子が唐揚げ好きで楽しみにしてたんだけど……」

先日のように怒鳴られるのではないかと覚悟をしたが、それはなかったので胸を撫で下ろす。ただ、肩を落とすお客さんに申し訳なくて、厨房に行って重さんに事情を話した。

するとと重さんは店頭に出ていき、女性客から息子さんの好きなおかずを聞き出したかと思うと、すぐに特製弁当を作ってくれた。

「お待たせしてごめんなさい。鶏肉を切らしてしまって……代わりに、坊ちゃんの好きなエビの天ぷらと、肉団子、あとこれは肉じゃがコロッケです。これで許してやっていただけないでしょうか？」

重さんはもう一度謝罪してくれる。

「いいえいえ。こちらのほうがゴージャスで喜ぶかも。また買いに来ます」

女性客が快くその弁当を受け取ってくれたのでホッとした。

「ごめんなさい」

私の失態で店の信頼を損ねてしまった。

「いいんだよ。誰だって間違えるんだから」

重さんはあっさり許してくれるが、反省しなければ。

「間違えたの、心春ちゃんじゃなくて私だったかもしれないし、気にしない。許してもらえたんだし」

手が足りなくて接客を手伝ってくれた恵子さんも言う。でも、あのお客さんに見覚えがあるのだ。おそらく私のミスだ。

「もっと気をつけます」

「大丈夫、大丈夫」

重さんは笑顔で私の肩をトンと叩いてから厨房へ戻っていった。

気を引き締め直して仕事を続けているうちに雨が降りだし、たちまち大粒になってきた。今日は忙しくて疲れたのもあるし、なによりミスをしてしまって気持ちが落ちているせいか、背中の傷が疼く。

鈍痛に耐えながら接客していると、閉店の十九時間際にお客さんが駆け込んできた。天沢さんだ。

「間に合った」

彼はランチだけでなく夕飯用に買いに来てくれるときもあるのだ。

「傘をお持ちではないんですか？　ちょっと待ってください」

羽織っている黒いジャケットが濡れている。私は慌てて奥の休憩室に行き、バッグからタオルを取ってきた。

「これで拭いてください。洗ってありますから」

「ありがとうございます、助かります。今日は仕事だったんですけど、朝、晴れてたから傘を持ってこなくて。でも無性にここの弁当が食べたくなって寄ったんです。あんまり残ってないか……」

今日はたくさん出てしまったので数個残っているのみだ。

「すみません」

「いえいえ。残っていただけでもありがたい。しかもだし巻きがある」

目を輝かせて笑みを浮かべる彼に救われる。ミスをしてしまった今日は、ずっと気持ちが上がらなかったからだ。

「夕方追加で作ったものですので、まだ新しいですよ。よろしければ」

「うん、いただきます」

だし巻きたまご弁当を袋に入れて会計を始めると、彼が口を開いた。

「体調悪いですか？」

「えっ？　いえっ」

どうしてわかったのだろう。傷は痛むものの、普通にしていたつもりなのに。

「顔色がよくないです。もう閉店ですよね。俺、車なのでもしよければ送りますよ。いや、迷惑か……」

こんなに優しい申し出が迷惑なわけがない。ただ、さすがにそこまで甘えられないし、自立するためにひとり暮らしを始めたのに、周囲の人に甘えてばかりの自分が情けない。

「とんでもないです。お気遣いありがとうございます」

私はお礼を言ったあと、彼からお金を受け取った。

「心春ちゃん」

そのとき、奥から重さんが顔を出した。

「あっ、お客さん……。失礼しました。あれっ、先日の方ですよね」

横柄な男性客から助けてくれたのを覚えていたようだ。

「ちょっと待ってください」

重さんは慌ただしく再び奥へと引っ込み、今度はコロッケをふたつ持って出てきた。

「これ、余ってしまったものなんですけど、よかったら。肉じゃがコロッケなんですよ。心春ちゃんが肉じゃがをコロッケにしたらおいしそうって言うから作ったら、人気商品になりましてね」

「これ大好きです。おいくらですか？」

律儀(りちぎ)に代金を払おうとする天沢さんは、本当にいい人だ。

「残り物で申し訳ないくらいですから。捨てるのは嫌いなのでもらっていただけると」

「それでは遠慮なくいただきます。今日の疲れが吹き飛びました。ラッキーだな、俺」

前向きな天沢さんを見習わなくては。

重さんが厨房に戻っていったあと、だし巻きたまご弁当の袋にコロッケも入れて天沢さんに手渡した。

「あっ、傘ないんですよね」

私は再び休憩室に戻り、バッグから折り畳みの傘を持ってきて彼に差し出す。

「よかったら使ってください。お返しいただくのは、今度お越しになったときでいいので」

「いえっ。俺が借りたら心春さんが困りますよね」

心春さんと名前を呼ばれて、ドキッとした。どうして知っているんだろうと思ったけれど、さっき重さんが呼んでいたっけ。

「もう一本ありますから大丈夫です」

本当はこれしかないけれど、先日助けてもらったお礼だ。

「そう……ですか。それではお借りします」

「はい。お仕事、お疲れさまでした」

「失礼します」

彼は私に微笑みかけてから雨の中を出ていった。

それからすぐに閉店の札を出し、厨房で片づけをしている重さんと恵子さんに挨拶に行く。

「店頭、片づきました」

「心春ちゃんもコロッケ持っていきな。弁当も」

洗い物が終わった重さんが、手を拭きながら言う。

「助かります。いただきます」

こうして売れ残った弁当や、余ったおかずをいつも持たせてくれるのだ。

「明日は休みだし、ゆっくりしてね。心春ちゃん、なんとなく顔色悪いよ」

恵子さんにまで指摘されて、とっさに首を横に振って笑顔を作る。

「大丈夫です。失礼します」

「うん、気をつけて」

私は店頭に残っていた和風ハンバーグ弁当をありがたくもらって、外に出た。しかし雨がさらに激しくなっていたので、足が止まる。

「ひどくなってきちゃった……」

悪天候のせいか、背中に時々刺すような痛みが走り、ため息が出る。

最寄りの駅まで歩いて五分。これだけ降っているとびしょ濡れになるのを覚悟しなければと思いながら足を踏み出そうとすると、「やっぱり」と声が聞こえてきてそちらに顔を向けた。

「あっ……」

「一本しか持ってないのに貸してくれたんだろうなと思ってました」

歩み寄ってきたのは天沢さんだ。

「持ってると思ったんですけど、なかったみたいで」

苦し紛れの嘘をつくと、彼はクスッと笑う。

「心春さん、嘘が下手すぎ。送らせてください。誓って変なことはしません」

変なことって。天沢さんがそんな人ではないのはわかっているし、それが心配で断ったわけじゃない。

「でも……ご迷惑ですし」

「迷惑だなんてこれっぽっちも思ってないですけど？　乗っていっていただけるとありがたいです。そうじゃないと、なんのために待っていたんだか……。ちょっと間抜けな男になりますから」

その言い方がおかしくて笑みがこぼれる。

「それでは、お言葉に甘えてもいいでしょうか」

「もちろん。こっちです」

なぜだか彼のほうがうれしそうな顔を見せる。それに安心したけれど、私が貸した傘をかざされて戸惑った。

「天沢さんが濡れてしまいますから」

「あれっ？　俺、名前言いましたっけ？」

「あ……。前に同僚の方と来られたときにそう呼ばれていらっしゃったので。野上(のがみ)総合にお勤めなんですよね」

野上総合というのは大きな総合病院だ。優秀なドクターがそろっていると評判で、この地域の人たちの駆け込み寺のようになっている。

盗み聞きしていたように思われたらどうしよう。あのときは結構大きな声で病院について話をしていたので、聞こえてしまっただけなのだけど。

「あぁ、堀田(ほった)ですね。アイツ、声大きくて」

そうだ。もうひとりは堀田さんだ。

「そうです。その方といらっしゃったときに聞こえてしまいました。ごめんなさい」

「なんで謝るんですか？　別に隠してるわけじゃないし。野上で医師をしています」

「お医者さま？」

事務かなにかの仕事だと勝手に思っていたのでびっくりだ。

「見えないでしょう？」

「そんなことないです」

「白衣脱ぐとね、威厳がまったくない」

彼は自虐的に言うが、白衣を着ていないのでお医者さまだと思わなかっただけだ。

でもよく考えたら、弁当を買うのに白衣では来ないか。

「とりあえず車に行きましょう。濡れてしまうのは……。少し我慢していただけますか？」

「はい」

返事をすると、彼がいきなり私の腰を抱くので目が真ん丸になる。

「ちょっとふたりで入るには小さいので、嫌でしょうけど車までこのままで」

「あっ、はい」

濡れるのを我慢してという意味ではなく、密着するのを我慢してと言ったんだ。

それにしても、相合傘の経験なんてない私はどんな顔をしていたらいいのかわからず、カチカチに固まっていた。

すぐ近くに停めてあったのは、黒い高級車だ。こんな立派な車に濡れた靴で乗ってもいいのかとためらったけれど、助手席のドアを開けてくれた彼が「どうぞ」と笑顔で促してくれるので素直にシートに座った。

「すみません。汚れちゃいます」

運転席に乗り込んできた彼に伝えると、クスクス笑っている。

「フロアマットは車が汚れないように敷いてあるんだから、これは汚してもいいんですよ。洗えるから」

「そう、ですよね」

といっても、きれいにしてあるためおどおどしてしまう。

「それより……」

彼がいきなり助手席に乗り出してくるので、息が止まった。

「濡れてる。ごめんね、俺のせいで」

ハンカチで私の肩を拭いてくれたのだ。

「いっ、いえっ。天沢さんも」

きっと、私のほうに傘を傾けてくれたのだろう。私よりずっと濡れていた。

「俺は平気。さっきタオル貸してもらったし。本当にありがとう」

彼はお礼を口にするが、私はそれ以上の親切をもらっている。

「さて、住所教えてもらえますか？」

エンジンをかけた彼は「少し寒いね」と言いながら暖房をつけ、そのあとナビに手を伸ばす。

私が住所を告げると、なぜか不思議そうな顔をした。

「どうかされました？」

「心春さんって、ひとり暮らしですか？」

「はい。それがなにか？」

ひとり暮らしなんて珍しくないでしょう？　どうしてそんなに驚いているの？

「いや、なんとなくご家族と一緒かなと思ってたから」

「頼りなさそうでした？」

「そういうわけでは、決して」

彼は目を大きく開き、首を横に振ったあとギアをドライブに入れた。

「天沢さんが思われている通りです。私……周りの人に助けてもらってばかりなので、もっとしっかりしないと、と思って、実家を出てひとり暮らしを始めたんです」

「そうですか」

「それなのに、天沢さんにまで甘えてしまって、ごめんなさい」

傷のせいでふさぐ私を、両親は過保護なまでに心配してくれた。それはありがたかったのだけど、前の会社を辞めたとき、『つらいなら働かなくていい』とまで言われ、このままではダメになると痛烈に感じたのだ。

「こんなの、甘えてるうちには入らないですよ」

「いえ。先日も自分で切り抜けないといけませんでした。天沢さんや重さんに助け舟を出してもらって……」

そう言うと、彼は少しの間黙り込み、赤信号でブレーキを踏んだあと私に視線を送って口を開いた。

「ああいう輩(やから)は、弱そうな女性とかお年寄りとかには強気で出るんです。だから、店主を頼って正解ですよ。それと……周りの人が甘えさせてくれるのは、あなたにそれだけの魅力があるからです」

「魅力？」

意外なことを言われて首を傾げる。

「そう。嫌いな人だったら助けたりしない。心春さん、濡れた俺を見てタオルを持ってきてくれたり、一本しかない傘を貸してくれたり……。あなたが優しいから、助けたいと思うんですよ」

にっこり微笑む彼は、信号が青に変わると再びアクセルを踏む。

そんなふうに考えたことがなかった私は驚いたけれど、甘えてばかりでなかなかひとり立ちできないと気にしていたので、少し心が軽くなった。

「それと、なんでもひとりでやる必要はないよ。俺だって、いろんな人に助けてもらいながら生きている。皆、得手不得手があって、努力してもうまくできないこともあるんだ。だからといってダメなわけじゃない。……あっ、ため口すみません」

「いえ、そのほうが話しやすいです」

私はそう伝えながら、彼の言葉を噛みしめていた。

前の会社にいた頃は、ほかの人たちと同じように、相手が誰であろうと会話を盛り上げないと、と思い込んでいた。だから最初は必死に話を合わせるけれど、思ってもいないことを肯定するのも相手によって主張を変えるのも嫌で、結局は会話が苦痛になる。

そうなってしまったのは……私の前では親切な友人の顔をしているのに、陰で悪口を言う人がたくさんいたからだ。

とはいえ、皆があたり前にできていることをできない自分が好きになれなかった。

　本当にこのままの私でいいの？

「それじゃあ、そうさせてもらうね。人って、自分の欠点にはよく気づくけど、よいところは見落としがちなんだよ。そもそも、この前の暴言男はどう考えてもあっちが悪い。追い返せなかったからといって、心春さんがへこむ必要なんて全然ない。断言する」

「……ありがとうございます」

　うまく対処できない自分は努力が足りないのではないかと思っていたが、そうではないのかもしれない。そんなふうに思えた。

「でも、天沢さんは欠点なんてなさそうですよね」

気遣いはできるし優しいし、臆せず自分の意見を主張できる。

「まさか。欠点だらけだよ。堀田は同期なんだけど、アイツにいつも堅物って言われてるし」

「堅物？」

「まあ、こうだと思ったら曲げないから、心あたりがあるといえばある。それに……勇気がなくて、ずっと大切に思ってる人になかなか近づけない」

大切に思ってる人？

その口ぶりでは、想いを寄せる女性だろう。でも、完璧そうに見える彼が近づけずにいるなんて意外だ。告白したら、即ＯＫの返事が来そうなのに。

「天沢さんお優しいですし、きっと大丈夫ですよ。って、偉そうですね、私」

そう言ってから、自分がすらすら話せていることに気づいた。いつもならもっと距離を取るのに、どうしてだろう。

この人は陰口を叩いたり、棘のある言葉を口にしたりしないとわかれば会話を弾ませられるのだが、それがわかるまでに時間がかかる。けれど、天沢さんに対してはそういう警戒心が働かない。

何度も顔を合わせて、優しい人だと認識しているからだろうか。

「大丈夫、かな……。絶対に重荷にはなりたくないんだ。でも、そばにいたい」

よほどその人が好きなんだな。大切だからこそ臆病になっているのかもしれない。なんて、恋愛もまともにしたことがない私の勝手な憶測だけど。

「変な話してごめん。そういえば、肉じゃがコロッケ、うまいよね。心春さんの発案なんでしょ？」

天沢さんは話を変えた。

「そうなんですよ。重さんの肉じゃがは、ほっぺが落ちるほどおいしいんですけど、お客さんのお子さんがニンジンは食べたくないと駄々をこねているのを聞いて、潰してコロッケにしたら食べてくれそうだなと思ったんです」

コロッケを思いついたときの話をすると、彼は白い歯を見せる。

「なるほど。ほら、心春さんはやっぱり優しい」

優しい？

なにが優しいのかわからず首をひねった。

「その子に重さんのおいしい味を教えてあげたかったんだよね。それにお母さんの野菜を食べてほしいという願いも叶えてあげた」

「そんな大げさですよ」

そこまで深く考えての行動ではなかった。でも、そういうふうに考えれば、いいことをした気もする。

「大げさじゃないよ。心春さんにしてみれば、ちょっとした気遣いだったかもしれない。でも、きっとその親子にとっては最高のプレゼントになったはずだよ。それに、心春さんが思いついてくれたおかげで、俺までうまいコロッケが食べられる」

「そっか……」

彼の話を聞いていると、自然と笑顔になれる。まだよく知らない人とこんなにリラックスして会話ができたのは久しぶりだ。

「でしょ？　えーっと、このマンションの裏かな？」

「そうです。そこを左折したところです」

車はアパートの前に滑り込んだ。

「今日は本当にありがとうございました」

「とんでもない。お礼を言うのは俺のほう。心春さん」

サイドブレーキをかけた彼が私を見て真剣な顔をするので、ドキッとする。

「本当に調子悪くない？　元気そうには見えるけど、やっぱり顔色がよくない」

ずっと気にしててくれたのか。

「平気です。ちょっと疲れたのかな」

「ほんとに？」

天候が悪いせいか、やはり傷が痛む。慣れたとはいえ、つらくないわけではない。

それに……。

「ごめんなさい。実は今日、失敗してへこんでました。重さんが機転を利かせて助けてくれたんですけど、いつも助けてもらってばかりの自分が情けなくて。でも、天沢さんの話を聞いていたら心が軽くなりました」

正直に話すと、彼はふと頬を緩める。

「よかった。でも、つらそうだよ。……車、持ってないんだよね？」

「はい」

私が答えると、彼はジャケットの内ポケットからメモ帳を取り出してなにやら書き始めた。

「これ、俺の携帯。もし気分が悪くなったりしたら電話して。救急担当してるから、一応役に立つと思う」

救急？　すごい人なんだ。

「そんな、とんでもない」

これ以上振り回せない。

「心配で帰れないから受け取ってくれない？　俺に番号を知らせるのが嫌なら、非通知でかけてくれればいいから」

彼は少し強引に私にメモを握らせた。そして私が貸した傘をさして車を降り、わざわざ助手席側に回り込んできてくれる。

「こんなに親切にしていただいて、すみません」

「だから、したくてしてるんだよ。心春さんが魅力的な人だから」

彼は優しく微笑むが、褒められた私は照れくさい。

「……ありがとうございます。遅くなっちゃいましたね」

「俺、明日休みだから平気。この傘、借りてってもいい？」

「もちろんです。今度は本当にもう一本ありますから。気をつけて帰ってください」

「うん、おやすみ」

彼の優しい気持ちを受け取った私は、頭を下げてから部屋のある二階への階段を上がった。

部屋に入り、窓から外を覗くと、天沢さんの車が小さくなっていくのが見える。

「素敵な人」

しかも話しやすくて、普段は隠しておく胸の内までいつの間にか明かしてしまった。

そのときふと『あの人が旦那だったら最高じゃないか』という重さんの言葉が頭をよぎる。

そんな奇跡が起こったらうれしいけれど、私にはとても……。天沢さんは雲の上の人なのだ。それに、彼には深く愛する女性がいるようだし。

私は握りしめていたメモに視線を送った。そこには電話番号と名前が書かれてある。

「天沢、陸人……」

その名前を見た瞬間、なぜかゾワッとした。

なんだろう、この感覚。陸人という名前に見覚えがあるような、ないような……。

でも、すごく珍しい名前でもないし、大学の同級生にでもいたのかも。

私は不思議に思いながらも、シャワーに向かった。

体が冷えた今日はお風呂に浸かりたいのだが、この傷は温めると悪化する。

着替えの準備をしたあと、洗面台の前で考える。

ケガをしなければ、違う人生があったのだろうか。

大きくて深い傷をまともに見るまでにかなり時間がかかった。そして赤く腫れ上がるそれが自分の体の一部だと受け入れるのには、さらにかかった。

そのうえ、小学校では傷を知った同級生たちに気持ち悪いと線を引かれて、どれだけ傷ついたか。

まだ友達と遊ぶのが楽しくてたまらなかった年頃の中傷は、私の心をズタズタに引き裂いた。

でも……。

「魅力的な人、か……」

天沢さんにもらった言葉を繰り返す。

傷のことさえ漏らさなければ、そう言ってくれる人もいるんだ。

どうか、彼には知られませんように。また楽しい話ができますように。

服を脱いだ私は、目を閉じて右肩から脇腹に続く傷に触れる。今日は見たくない。

ケガを負ったあとしばらくして、手術できれいにする方法も提示された。しかしかえってひどくなるリスクもあると聞き両親は断念した。

でも、あの頃より医学が進歩した今なら……。もしかして、この傷を消す方法を天沢さんは知らないだろうか。

そんな期待が高まるが、これ以上悪化したらと考えると、安易に手術を受ける気にはならない。

万が一、もっと広がってしまったら……立ち直る自信がないのだ。

私は一旦考えるのをやめて浴室のドアを開けた。

幸せなプロポーズ

店が定休日の翌日は、少し朝寝坊をした。

昨晩、傷に薬を塗っておいたからか、痛みは消失している。いや、天沢さんと話して心が軽くなったからかも。

鏡を覗くと顔色も改善していて、ホッとした。

昨日食べた肉じゃがコロッケがおいしくて、午前中から肉じゃがをことこと煮込む。

これも重さんにコツを教わったのだが、ジャガイモは小さめに切り、水を入れずに野菜の水分だけで炊くとおいしくできる。

家では鍋ではなくフライパンで作るといいというのも、目から鱗だった。底が広いため具が重ならず煮崩れしにくいのだ。

そして最後に少々加える味噌。これがあると、コクが出るうえにまろやかに仕上がる。

「できた」

たくさん作ったそれを保存容器に入れて、家を出た。

今日は唯一無二の親友、絵麻(えま)に会うのだ。彼女は先日結婚をして、今は専業主婦をしている。

絵麻は、私が背中に傷を負い入院していたときに病院で知り合った同じ歳の友達だ。彼女は階段から転げ落ちて複雑骨折をしたため入院していて、私が大部屋に移ったときに隣のベッドにいたのだ。

痛くて眠れない日々を同じように経験したからか、すぐに打ち解け、その関係が今までずっと続いている。

電車を乗り継いで三十分。駅までは絵麻が車で迎えに来てくれた。

「心春、久しぶり」

「うん。元気そうだね」

彼女の弾けた笑みを見ると、私も口角が上がる。

「ピザ買ってきた。家で食べよ」

「ありがと。お邪魔する」

彼女と会うときは、こうしてどちらかの家でおしゃべりをすることが多い。

旦那さまとの新居は、立派な一軒家。一流企業で働いている旦那さまは優しくて、思いやりがある人だ。

そういえば雰囲気が天沢さんに似ている——なんて、天沢さんの顔がよぎってしまい、打ち消した。

「ピザには合わないけど、肉じゃが作ってきた」

「やったね。心春、食彩亭で働き始めてから腕が上がったよね」

「うん。一流料理人に教えてもらってるんだもん」

今は売り子だけれど、いつか調理も経験したいな。といっても、重さんの味を壊すわけにはいかないけれど。

「肉じゃが、夕飯にしていい？」

「もちろん」

彼女は冷蔵庫にそれを入れたあと、大きなピザをテーブルに広げた。

「たまに食べたくなるのよね」

「そうそう、私も」

絵麻の意見に同意してうなずく。

重さんの料理がおいしすぎて外食もほとんどしなくなったが、たまにはこういうものもいい。

「座って」

六人掛けのガラス製のダイニングテーブルは、旦那さまがチョイスしたものらしい。そしておしゃれな白いイスは絵麻が選んだのだとか。夫婦の共同作業にあこがれる。

「旦那さんとうまくいってる？」

「そうね。忙しいからちょっと寂しいんだけど……」

と口にしながらも、幸せ全開の顔をする絵麻がうらやましい。

「私はいいのよ。心春は？」

「……私はなにもない」

「あれー。なんかありそう」

と言いつつ、やっぱり天沢さんの顔が浮かんだ。

長く一緒にいるからか、彼女はすぐに私の気持ちを見抜く。

「なにも、ないよ？」

「ちょーっとピザ置こうか。それで？」

これは逃れられそうにない。私は正直に天沢さんに親切にしてもらったことを告白した。

「なにその王子さま」

「王子さまって……」

「絶対心春のこと気になってるよ。そうじゃなきゃ、家まで送ってくれたりしないって」

絵麻はそう言うけれど、優しい彼は体調が悪そうだった私を放っておけなかっただけだ。それに……。

「大切な人がいるみたい。そばにいたいけど、重荷にはなりたくないって。わけありなのかな？ よくわかんないけど」

そう伝えると、絵麻は黙り込んでなにかを考えている。

そういえば、重荷にはなりたくないって、どういう意味なのだろう。

「……それ、心春のことじゃない？」

「私？ そんなわけないでしょ」

「人付き合いが得意そうじゃない心春の負担になりたくないってことじゃない？」

「まさか」

即座に否定したものの、心臓がいつになく激しく打ち始めたのに気づいた。

「送ってもらったお礼に、料理を振る舞うとかどう？ でもお医者さまってお休みが不規則か……」

「今日はお休みだって」

私がそう漏らした瞬間、絵麻は目を大きく見開いて立ち上がった。

「ちょっと、こんなところにいる場合じゃないでしょ。あー、肉じゃが！」

いきなりどうしたの？

彼女はキッチンに行って、私が差し入れしたばかりの肉じゃがを持ってきた。そして、なぜかニッと笑う。

「連絡先聞いたんだよね」

「……うん」

「今すぐ電話して。お礼に肉じゃが作りましたって」

えっ！　それはハードルが高すぎる。

ふるふると首を振ったのに、絵麻は引かない。

「素敵な人だと思ってるんでしょ？」

「それは、そうだけど……」

「心春からの電話、待ってるんじゃない？　ほかに好きな人がいるなら、安易に電話番号渡したりしないよ。あっちは心春に連絡取れないんだから、心春が電話するしかないじゃない」

押しの強い絵麻だけど、彼女の結婚式に出席したとき、『心春も幸せになるんだよ』とブーケをくれたくらいなので、心配してのことだとわかる。

「うん……」

「心春の気持ちはよくわかるよ。でも、ここで踏み出さなくて後悔しない？　もしかしたら、その傷も受け止めてくれるかもしれないでしょ？　もし振られちゃったら慰めてあげるから」

私が無意識に肩に触れたのを、絵麻は見逃さなかったようだ。

振られるだけならいい。いや、よくないけど……嫌悪の感情をぶつけられたらつらい。

「怖い？」

「……怖いかも」

彼女は私が受けてきた裏切りやひどい言葉の数々を知っているのだ。

「そうだよね。……まずはもう少し距離を縮めるってのはどう？　それでこの人になら話しても大丈夫だと思えたら、打ち明ければいい。誰だって、大切な人には隠しておきたいことがあるものだよ。でも、付き合ってみたら気にすることなかったと思えるかもしれないでしょ」

「付き合うなんて、そんな」

絵麻は、天沢さんの大切な人が私だと思い込んでいるからそんなふうに言うけれど、違う可能性のほうが高い。私は、もう少し話ができるようになれればそれだけで幸せだ。

「心春。怖いのはわかるけど踏み出してみようよ」

彼女の言う通りかもしれない。傷つくのが怖くて、絵麻以外の人とはあまり深い付き合いをしないできた。けれども、もし踏み出した先に幸せな未来があるのなら——という期待も膨らむ。

「もしダメだったら、ピザのやけ食い付き合ってくれる?」

私が言うと、絵麻は目を細めて白い歯を見せる。

「もちろん。チキンもジュースもつける」

「ありがと。電話してみようかな」

「了解。私、違う部屋に行ってるから、終わったら呼んで」

彼女は私をギュッと抱きしめてから出ていく。まるで勇気を分けてくれるかのようだった。

財布に大切にしまっておいたメモを取り出して、深呼吸する。

「お礼を渡すだけ」

自分にそう言い聞かせてスマホのボタンを押した。

コール音がし始めると、緊張のあまり切ってしまいたい衝動に駆られる。

『もしもし』

けれど、ワンコールで彼の声が聞こえてきた。

「あっ、あのっ……」

『もしかして心春さん？　調子悪い？』

そうだ。体調が悪かったときのために電話番号を教えてくれたんだ。それなのに私、会いたいからなんていう理由で電話をかけてしまった。

「大丈夫です。体調はすっかり整いました。ごめんなさい、電話なんてして」

『よかった……。電話、うれしいよ。ほんとは心春さんの番号聞きたかったんだけど、図々しいと思ってやめたんだ。だから、すごくうれしい』

ほんとに？

弾んだ声が聞こえてくるので、安堵した。

「あのっ……もしよければ、なんですけど」

妙な汗が噴き出し、手が震える。

頑張れ私！

「昨日のお礼に肉じゃがを作ったん――」

『すぐ行く』

私の言葉に被せるように言う彼に驚いたものの、嫌がられてはいないと確信して、ようやくまともに息が吸えた。

「今、友達の家にいて……」

偶然にも、彼の住まいがこの近くだと判明したので、最寄りの駅まで来てもらうことになった。

会う約束をしたと知り大喜びの絵麻に、「頑張りなさいよ」と送り出されて、駅のロータリーで待つこと十分。

「心春さん」

どこからか声がしてキョロキョロすると、路肩に停めた車の中から天沢さんが呼んでいた。

急ぎ足で向かうと、彼は中からドアを開けてくれる。

「こんにちは」

「こんにちは。ここ、狭いから移動しよう。乗って」

ガチガチに緊張していたものの、少し焦った様子の彼に促されてあっさり助手席に乗り込んだ。

ブルーのシャツに紺のジャケットを羽織り、ジーンズ姿の彼はとてもさわやかだ。やはり白衣姿を見ていないせいか、医者には見えない。

「急かしてごめん。駐車場が満車で停められなくて」

「いえ」

「電話、うれしかった」

前を見据えてハンドルを操る彼の表情が柔らかくて、緊張のあまり激しくなっていた鼓動が落ち着いてくる。

「せっかくのお休みなのにごめんなさい」

「とんでもない。雨は嫌いだったんだけど、今は感謝してる。こうして心春さんとお近づきになれたからね」

彼が優しい言葉をかけてくれるので、気持ちが高揚していく。勇気を出してよかった。

「顔色はいいね」

「はい。天沢さんのおかげで元気が出ました」

思わず本音を漏らしてしまい、しまったと思ったけれど、「それならうれしい」と言われてホッとした。

「昼ご飯食べた?」

「いえ、まだ……」

ピザをひと切れ食べたが、それは黙っておこう。

「それじゃあ一緒に食べない?」

「はい、ぜひ」

思いがけないお誘いに、心が弾む。

「毎日あんなにおいしいもの食べてる人をどこに連れていこうかとずっと考えてたんだけど、フレンチはどう?」

「フレンチ? そんなお高いところでなくても」

「ほんとは肉じゃがが早く食べたいんだけど……」

あっ、肉じゃがのことなんてすっかり頭から飛んでいた。

「もしよければ、ほかにもお作り……なんでもありません」

私、なんて大胆な発言をしているのだろう。作るということはどちらかの家に行くということなのに。

「いいの?」

彼が思いきり食いついてくるので、びっくりだ。

「もちろん。でも、重さんみたいには作れないんですけど」

「手料理なんて最高だ。うれしいよ。俺の家でいいかな。一応、調理道具はそろってるんだけど、ほとんど新品で」

どうしよう……。なんと答えたら正解？　こんなときの駆け引きなんてわからない。

「ごめん。いきなり誘ったら失礼だよね」

黙っていたからか、彼の声のトーンが下がった。

「い、いえ。私がお邪魔してもいいのかと思って」

もし彼に好きな人がいるのなら、誤解されてはいけない。

「俺は大歓迎だよ。でも、冷蔵庫が空だからスーパー行こう」

「はい」

天沢さんが終始笑顔で、しかも楽しそうなので、きっと迷惑ではないんだと思い承諾した。

ふたりでスーパーに行くなんて、なんとなく照れくさい。

彼に食べたいものを聞いたら得意料理でいいと言うので、舞茸(まいたけ)の炊き込みご飯と、鶏のつくね、そして白菜のスープに決めた。

率先してカートを引いてくれる彼は、私が食材を選ぶたびにうれしそうな顔をする。

「こういうの、いいよね。あこがれだったんだよ、俺」

「えっ？」

こういうのって？

「なんでもない。ごめん」

発言の意味がわからないまま買い進めてレジに行くと、彼がすべて支払ってくれた。

「すみません」

「作ってもらうんだから当然だよ。すぐそこだから」

再び車に乗り込んで向かったのは、目の前にそびえ立つタワーマンションだ。本当にすぐそこだったけど、まさかこんな立派なところだとは。

「素敵なお住まいで」

「ここは海も見えるけど、遠くに山も見えるんだ。くまがいないかなと、いつも見てる」

「くま？」

いきなりなに？

さすがにいないだろうし、いたとしても見えないだろう。

ロマンチストなのかな……。

「なんて。行こうか」

クスクス笑う彼は私の背中を押して促した。

三十二階にある彼の部屋は、とんでもなく広かった。

キッチンも、広いだけでなくピカピカであんぐり口を開ける。

「きれいにされてる……」

「料理しないから、キッチンはきれいなままかな。しないというか、できないんだけど。コーヒーくらいは淹れるから、適当に座って」

彼は気を使ってくれたが、私はキッチンに向かった。

「お腹空いたんじゃありませんか？　すぐ作ります。コーヒーはあとで」

もう十三時を過ぎている。

「それは助かる。今朝、寝坊して食べてないんだよ」

「それじゃあ、調理道具をお借りしますね。座っててください」

そう言ったのに、ジャケットを脱いでシャツの腕をまくった彼は、私の隣に並んだ。

「助手していい？　あんまり役に立たないけど」

「もちろん。ねぎを切っていただいてもいいですか？」

ねぎの小口切りをお願いした私は、早速ご飯を炊き始めた。

「さすが、手際がいいね」

「ありがとうございます」

そういう彼のほうが包丁を軽快に動かしていて、手際がいい。とても料理ができないとは思えなかった。

「救急とおっしゃっていましたけど、お忙しいですよね」

「まあ、そうだね。ほかの科とは違って予約した患者が来るわけじゃないから、なにがあるかわからない。野上の救急は少し前まで研修医が担当して、重症の場合は専門医が診てたんだけど、本格的に救命救急科を立ち上げて、今は各科から抜擢された医師が救急専門になってローテーションで回してる。俺は一応外科なんだけど」

ということは、手術ができるんだ。

それだけでない。おそらく救急は臨機応変に対応しなくてはならないし、一刻を争うような患者も運ばれてくるはずだ。その担当医師として抜擢された彼は、想像以上に優秀な人なのだろう。

そんな人の家に上がり込んだなんて、気が引ける。

——絵麻。やっぱり彼は雲の上の人みたい。

「ごめんなさい」

「なに謝ってるの？」

「私なんかがお邪魔してはまずいですよね」

慌てて言うと、彼はおかしそうに肩を震わせ始めた。

「なんで？　俺はうれしいけど？　白衣を脱いだら、いたって普通の人間だから。気を使われると話しにくいから、もう忘れて」

たしかに、食彩亭の弁当をうれしそうに買っていく彼は、ごく普通の紳士だ。

「次、なにやればいい？」

「それじゃあ、白菜を洗ってください」

「了解。俺、職業柄切るのはそこそこできるんだけど、味付けがさっぱりで」

切るって。メスと包丁とを一緒にしないで。手術のほうがずっと高度に違いない。

彼の言い方がおかしくて、笑いが込み上げてくる。

どうやらそれほど恐縮しなくてもいいようだ。それからはリラックスして調理を続けた。

テーブルにできあがった料理と肉じゃがを並べてふたりで手を合わせた。すると彼は「うまいなぁ」と目を細めながら食べ進め、どれもこれもあっという間になくなった。

食事が終わったあと食器をシンクに持っていくと、彼が飛んでくる。

「俺がやるから」

気を使っている様子の彼は、私の手から皿を奪って口を開いた。

「食洗器に入れるだけですよ？」

「それじゃあ一緒にやろう」

調理はまだしも後片付けなんて面倒なだけなのに、彼は笑顔で皿を食洗器に入れていく。

「すごくおいしかった。幸せ」

「大げさですって。重さんのコロッケを食べたあとなのに、素人の料理でごめんなさい」

「いや、どっちも最高だよ。やっぱり食彩亭の味はいい」

そういえば、私が働き始めてすぐの頃から弁当を買いに来てくれるようになったけど、きっかけはなんだったんだろう。

「どうして食彩亭をお知りになったんですか？」

湧いた疑問をぶつけただけなのに、彼はなぜか目を泳がせる。

聞いたらまずかった？

「看護師の間で話題だったから一度行ったら、はまって。それに……」

言葉を濁す天沢さんは、熱を孕んだ視線を私に向ける。

「心春さんがいるから」

「……私？」

意味がわからず首を傾げると、彼は小さくうなずいた。

「食彩亭に行けば、心春さんに会えるから」

私を射る真摯な眼差しに、鼓動が勢いを増していく。緊張が高まり、動けなくなった。

「……好きだ。結婚を前提に付き合ってほしい」

彼の口から紡ぎ出されたまさかの告白に、あんぐりと口を開ける。

絵麻の言う通りだったなんて。

「急にごめん。誰かに先を越されたらと不安な日はもう過ごしたくない」

天沢さんが私のことで不安になるなんて信じられない。

「大切な方がいらっしゃるんじゃ……」

「もちろん、心春さんのことだ。堀田にはさっさと告白しろとけしかけられていたんだけど、なかなか踏み出せなくて。あんな意味深な言い方をしてしまって、昨日別れてから後悔した」

そう、だったの？

彼の告白がうれしいのに、〝はい〟という二文字が口から出てこない。

絵麻は距離を縮めて、この人なら大丈夫だと思ったら傷の存在を明かせばいいと話していた。けれども、結婚を意識するほど真剣に考えてくれているのに、そんな曖昧（あいまい）な態度でいいのだろうか。

でも、まだこの醜い傷痕を告白する勇気がない。

「……私、男性とお付き合いしたことがなくて」

「それじゃあ俺をひとり目の……いや、最初で最後の男にしてくれないか。必ず心春さんを幸せにする」

不意に手を握られて、心臓がドクンと大きな音を立てる。

「あの……」

どうしたらいい？

彼の告白に舞い上がっているのに、その一方で傷を知られたときの反応を考えると怖くてたまらない。

彼がこの傷を拒否するとは限らないけれど、今まで出会ってきた人たちのほとんどから嫌悪の眼差しを注がれてきた私は、どうしても腰が引けるのだ。

いや、お医者さまなら、職業上いろんな傷を目の当たりにしてきているだろう。それなら大丈夫?

大きく気持ちが揺れる。

「心春さんの全部を受け止めるから、俺」

「えっ?」

まるで私の心の中を見透かしているかのような言葉に目を瞠(みは)る。

傷について知っているの? もしかして……同じ小学校に通っていたとか?

まだ無邪気に水着を着ていた頃の私を知っているとしたら、背中の傷も承知しているはずだ。

「天沢さん、小学校はどちらですか?」

「俺、父の異動で小学校は丸々ニューヨークにいたんだ。中学に入る直前に戻ってきてそれからは私立の一貫校に通ってた」

ニューヨーク……。それじゃあ違う。

「そうなんですね」

考えれば考えるほど、意識が背中の傷に向いてしまう。

「なにか心配ごとがある？」

「私……」

緊張で喉がカラカラだ。酸素が肺に届いている気がしなくて苦しい。

「急かしてごめん。俺、めちゃくちゃ緊張してて」

天沢さんが緊張？　私だけじゃないの？

「どうしても心春さんが欲しいんだ」

まっすぐに私を見て強い想いをぶつけてくる彼に、胸がいっぱいになる。

「私、男性とうまくお付き合いできるか自信がなくて……。少しずつ、でいいですか？」

結婚とまで口にする彼に失礼な答えだったかもしれない。けれども、今の私にはこれが精いっぱいだ。

「もちろん。俺が結婚なんて言うから戸惑ったよね。でも、俺はそのつもりだから、知っておいてほしくて。ありがとう」

彼は安心したように満面の笑みを見せ、そのあと私を抱き寄せた。

盛り上がっている傷痕に気づいてしまうのでは?と体を硬くしたけれど、彼はなにも言わない。

「心春」

「えっ……」

「そう呼んでもいい?」

「はい」

私、本当に天沢さんの彼女になったんだ。

胸にじわじわ喜びが広がっていく。

体を離した彼が私の顔をまじまじと見つめるので、照れくさくてたまらない。

「俺が必ず守る。なにかあっても、心春を守る」

そう強く宣言されて、視界がにじんでくる。

彼なら私が背負っている荷物を丸ごと抱えてくれるような気がして、感極まってしまった。

それは私のただの思い込みで、いつか傷について知ったら離れていくかもしれない。

でも今は、天沢さんの温かい腕の中に飛び込みたい。

「どうした?　なんでも言って」

「……私も、好き。天沢さんが、好き……」

私がこんな感情を持ったら迷惑なのではと怖かった。けれども、抑えられない。

正直に気持ちを伝えた瞬間、頬に涙が伝う。すると彼は大きな手でそれを拭ってくれた。

「ほんと、に？」

驚いたような顔を見せる彼にうなずく。

「俺も好き。ずっと好きだった。もちろん、これからも」

そうささやいた彼は、私を引き寄せて唇を重ねた。

柔らかい彼の唇は、甘くて燃えるように熱い。

初めてのキスは、私に幸せをもたらした。

天沢さんはしばらくして離れていき、少し照れくさそうにはにかむ。

「にたつきが止まらないかも」

「天沢さんに限ってそんな……」

それほど喜んでくれているのがうれしい。

「俺、陸人っていうんだ」

「はい。知ってます」

「そう呼んでくれないかな」

そういう意味だったのか。まともに恋愛をしてこなかった私には、暗黙の了解はハードルが高い。でも、彼が望むのなら……。

「陸人、さん」

名前を呼んだ瞬間、恥ずかしさとともに、どこか懐かしいような不思議な感覚に襲われる。

なんだろう、これ。

「うれしい。これからよろしく、心春」

「はい」

返事をすると、もう一度抱きしめられた。

翌日の十二時少し前に、陸人さんは食彩亭に姿を見せた。

「いらっしゃいませ」

いつも通りに対応するも、なんだか決まりが悪くて視線を合わせられない。

「今日はまだある？」

「はい。今日は栗おこわなんです。争奪戦になると思いますので、ラッキーでしたね」

もちろん、食彩御膳の話だ。

「うん。最近、いいことばかりだ」

それ、私とのこと？

彼が私に微笑みながら言うので、照れくさい。

「堀田も欲しいらしいからふたつ」

「はい。ありがとうございます」

食彩御膳をふたつ袋に入れたあと会計を始めると、彼は釣り銭トレイになにかを置いた。

「これ……」

「うちの鍵。いつでも来てくれていいから。俺、勤務が不規則だから、いなくても勝手に入って」

彼は小声でささやく。

「……はい」

ほかのお客さんに見られないように、それをエプロンのポケットにしまった。

まさか合鍵をもらえるなんて。

結婚を見据えての交際というのはきっと嘘じゃない。

くすぐったくてうれしくて、顔が赤くなっていないか心配になったけれど、陸人さんが店を出るとき私にだけわかるように小さく手を振ってくれたのが幸せだった。

私たち、本当に付き合っているんだ……。

昨日、家まで送ってもらったあと、絵麻に交際の報告をしたら『急展開すぎるでしょ』と驚いていたものの、『よかったね』と涙声で祝福してくれた。

一生男性との交際なんて無理だと思っていた私をずっと心配してくれていたからだ。

ただ、まだこれからだ。この傷の話をしたらどうなるのかわからない。

それでも、今のこの時間を大切にしたい。そう思った。


陸人さんと交際を始めてから、世界が変わった。

食彩亭と家との往復だった生活に彼との会話が入り、笑っていられる時間が増えた。

それに、大切な人のために料理をするのがこんなに楽しいものだとは知らなかった。

合鍵をもらってから、週に何度か彼の家に行って夕食を作っている。重さんが持たせてくれる弁当をふたりで分けて、私の料理も追加するのだ。

救急で働く彼は、勤務時間が明けても帰れないことがしばしばある。目の前で苦しむ患者を放置するわけにはいかないからだ。

だから食事を用意してもすれ違ってしまうこともあったが、もちろん納得している。ただ、会えない日が続くと寂しいのが本音だ。それは彼も同じようで、会えたときは必ず優しく抱きしめてくれた。

とはいえ、私が少しずつ進みたいと言ったからか、いまだキス以上を求めてはこない。

お付き合いというものが初めての私には、これが普通なのかどうかはわからないけれど、傷について打ち明けなければならない日が近づいているという感覚はあった。

陸人さんと付き合い始めて三カ月。彼のマンションの部屋の窓からは、うっすらと雪化粧した山々が見えるようになった。

休みが合い、久々にふたりで朝から街に出かけた今日は、少しはしゃぎすぎてしまった。

好きな人と同じものを見て笑い合う。同じものを食べておいしいねと目を細める。

こんな些細なことですら、幸せだったのだ。

La mer TOKYO(ラメールトーキョー)という大きなビル内のカフェでお茶をしたあと外に出ると、チラチラと小雪が舞い始めた。

「心春、おいで」

リラックスした様子の彼は、私に手を差し出す。最初はこの手を握るのも恥ずかしくてたまらなかったのに、今はためらいなく握ることができる。

「実は今日、誕生日なんだ」

「えっ……。どうして早く教えてくれなかったんですか？」

誕生日だと知らなかったから、プレゼントも用意してない。

「心春は四月だよな」

「なんで知ってるの？」

「心春のことはなんでもお見通しなんだ、俺」

彼は一学年上だと聞いていたけれど、年齢はほとんど変わらないんだ。

茶化した言い方をして白い歯を見せる彼は、私の手ごと自分のコートのポケットに入れる。

「プレゼント、どうしよう」

「こうやって一緒にいてくれるだけで十分だ」

彼はそう言うけれど、なにかしたい。

「それじゃあ、夕食をおごらせてください。ちょっと豪華なの」

時々一緒に外食もするが、いつも彼が支払ってくれるのだ。

「うーん。それなら、心春の手作りの料理がいいな」

「いつも食べてるじゃないですか」

「でも、今日も食べたい。心春の手料理が一番好きなんだ」

重さんの弁当や、高級レストランの味を知っているだろう彼に料理を求められるのは光栄だ。

「わかりました。そうしましょう」

私は承諾した。

スーパーでたくさん買い物をして陸人さんのマンションに行き、早速調理開始だ。

重さんの影響でいつもは和食が多いが、今日は彼のリクエストでビーフシチューを作る。冷えた体が温まりそうでちょうどいい。

陸人さんは「野菜は俺に任せて」と、手伝いをしてくれた。

私がここに通うようになってから、調理用品も調味料もたくさん増えた。圧力鍋もそのひとつで、大きな牛肉がゴロゴロ入ったシチューが完成した。

「お誕生日、おめでとうございます」

「ありがとう。乾杯」

彼が好きな赤ワインで乾杯して、シチューを早速口に運ぶ。

「肉、とろとろ」

「うまくできましたね」

今日の隠し味はチョコレート。少しだけ入れるとコクが増すのだ。

「これからもずっと、心春の手料理が食べられるといいな」

「……はい」

それは私も同じ気持ちだ。ただ、関係が深くなっていくにつれ、別れのタイムリミットが迫っているような気がして落ち着かない。

ずっとこのまま笑っていられたらいいのに。もし陸人さんが、体にひどい傷を抱えた私を醜いと感じたら、その瞬間にこの幸せな時間は終わってしまう。

彼を好きになればなるほど、そのときが来るのが怖いのだ。


楽しい夕食も済み、帰り支度を始めると、彼が私をうしろから抱きしめてきた。

こうして抱きしめられるのがたまらなく心地いいのに、背中が気になる私は、どうしても体を硬くして身構えてしまう。

「心春。もうひとつお願いしていい？」

耳元でささやく彼の声が艶っぽくて、たちまち鼓動が速まっていく。

「はい、なんでしょう？」

「俺を、最後の男にしてくれないか？　必ず幸せにする。全力で心春を守る」

彼は私の体に回した手に力を込め、はっきりと言う。

少しずつ進みたいという私の願いを聞き入れてくれた陸人さんは、あれから結婚という言葉を口にしなかった。でも、今でもその気持ちは変わらないということなのだろう。

私にとっては彼が初めての交際相手で、きっと至らない彼女だったはずだ。それでも、求めてもらえるのがうれしくて目頭が熱くなる。

それと同時に、とうとうこの日がやってきたのだと絶望もした。もしかしたら、さっきの食事が最後の晩餐になるのかもしれない。

黙っていると、彼は私の体をくるっと回して向き合った。

「困った顔してる」

そうじゃないの。今すぐあなたの腕の中に飛び込めたら、どんなに幸せか。

けれども、この傷を見た瞬間、手のひらを返すように離れていった人たちを思い出すと、冷静ではいられない。

陸人さんは違う。そんな人じゃない。何度そう思ったか。

でも、彼が好きだからこそ、受け入れてもらえなかったときのダメージの大きさを考えて臆病になる。

私は何度か深呼吸して気持ちを整えた。そして意を決して口を開く。

「私、隠してることがあるんです。ごめんなさい」

傷について打ち明けなければ前には進めない。よくない結果になったとしても、私との関係を真剣に考えてくれる彼に、これ以上黙ってはおけない。

「隠してること？」

彼の瞳にたちまち不安の色が宿ったのに気づいて、逃げ出したい気持ちになった。

「大丈夫だよ。なんでも言ってごらん。なにがあっても心春を離すつもりはないから」

優しく諭されて、涙があふれそうになる。ただ、現実は甘くないのも知っていた。

言わなくちゃ。たとえ嫌われたとしても、伝えなくちゃ。

私は意を決して口を開いた。

「私……幼い頃に背中に大きなケガをして、傷痕が残っているんです」

神妙な面持ちの陸人さんは、私の告白に耳を傾けてうなずく。

「……そっか。それを気にしてたのか。そんなこと、関係ない。俺が心春を好きな気持ちは変わらない」

そんな簡単に言うけれど、きっと想像している傷痕とは違う。赤く腫れ上がり引きつれたそれは、自分でも直視できないほど醜いのだから。

「これを見ても、そう言えますか？」

私は彼に背を向け、歯を食いしばりながらシャツのボタンを外して、右肩を見せた。

「こんな、なんです。私……陸人さんに愛してもらえる資格なんて――」

そこから先を言えなかったのは、彼に抱きしめられたからだ。

「見せてくれてありがとう。でも、心春。やっぱり俺の気持ちは変わらないよ。俺に、心春を一生愛する資格をくれないか？」

ほんと、に？

彼の返事に安堵して、涙を我慢できない。体を震わせて泣き始めると、彼はなんと私の傷に唇を押しつけた。

「痛かったよな。苦しかったよな」

「陸人さん……」

「もっと早く、助けられればよかった。ごめんな」

彼が謝ることなんてなにもない。

でも、もっと早くって？ 傷があることを打ち明けられずに悩んでいた私を、もっと早く救いたかったということ？

私が首を横に振ると、もう一度唇を押しつけられた。

「この傷が心春の一部なら、それすら愛おしい」

そんなにふうに言われたのは初めてだ。

彼は私を再び強く抱きしめて、耳元で口を開く。

「心春。俺じゃダメ？ 俺じゃあ、お前を幸せにできない？」

そんなわけがない。

彼の熱い想いに、全身がしびれていく。

「ほんとに、いいの？」

この傷痕のせいでさんざん嫌な思いをしてきた私は、念を押さずにはいられない。

陸人さんは私の体を回して向き合うと、まっすぐな視線を送ってくる。

「それは俺のセリフだよ。俺が心春の未来を独占していい？ 結婚してほしい」

「……はい」

『心春さんの全部を受け止める』という彼の言葉に嘘はなかった。

泣きすぎて声がかすれてしまったけれど、私の気持ちは伝わったようだ。「ずっと愛してる」とささやいた陸人さんは、顎をすくって唇を重ねた。

いつもは触れるだけで離れるのに、舌が唇をこじ開けて侵入してくる。

「ん……」

自然と漏れる恥ずかしい声も、彼の唇が吸い取っていった。

「抱きたい。心春が欲しい」

「陸人さん……」

こくんとうなずくと、彼は私を軽々と抱き上げて寝室へと向かう。

恥ずかしくてたまらない私は、彼の首に手を回してしがみつき、真っ赤に染まっているだろう顔を隠した。

大きなベッドに私を下ろした陸人さんは、熱を孕んだ視線を向けてくる。

「心春。怖かったら言って。できるだけ優しくする」

初めてだと知っているので気遣ってくれているのだ。

「はい」

返事をすると、彼は再び唇をふさいだ。

キスは次第に深くなり、気持ちが高揚していく。

好きな人とつながれるという喜びと、少しの不安が入り混じってはいるけれど、陸人さんとなら絶対に後悔しない。

私のシャツのボタンをすべて外した彼の大きな手が、ブラの上から乳房をつかみ、円を描くように動きだす。体を硬くすると、その手がふと止まった。

「傷、痛い？」

「……大丈夫です」

恥ずかしすぎて目を合わせられない。

「心春」

すると彼は私の名を呼び、そっと頬に触れた。

「すごくきれいだ。なにも心配いらない。痛かったら突き飛ばしていいから」

そんなことできない。それに緊張しているだけで、傷は痛まない。

しかし、心臓が口から飛び出しそうなほど激しく動いている今、うまく気持ちを話せそうになくて、ただうなずいた。

それから彼は私を翻弄し始めた。太ももを撫でながらブラをずらし、ふくらみの先端を口に含む。

「あっ……」

なに、これ？

こんな感覚初めてで、頭が真っ白になる。

無意識に体をよじって逃げようとしたが許してもらえず、愛撫は続く。

「……っ。あぁっ……」

声を我慢しようにも、与えられる快感が強すぎて漏れてしまう。手で口を押さえたのに取り払われてしまった。

「心春の甘い声、もっと聞かせて」

艶やかにささやく彼に耳朶を甘噛みされ、体がビクッと震える。

「心春はずっと俺だけのものだからな」

私に向けられた強い独占欲が信じられない。けれど、独占されたい。

彼は私の手をしっかりと握り、全身に舌を這わせ始めた。恥ずかしくて、そして気持ちがよくて体がガクガク震えても、陸人さんは笑ったりしない。

「あんっ……」

そのうち、一番敏感な部分に触れられてははしたない声が出てしまった。しかしまったく気にもとめない彼は、指で、そして舌で優しく私の体をほぐしていく。

「心春、愛してる」

「あぁ……っ！」

体が溶けてなくなりそうなほど全身を愛されたあと、とうとうひとつになった。

悩ましげな表情の彼は、私を強く抱きしめる。

「つらくない？」

「……平気、です」

本当は鈍い痛みがあるけれど、それより大好きな彼とつながれた喜びが上回った。

「動いていい？」

「うん」

「怖かったら止めて」

「うん」

恥ずかしさとうれしさと、そして初めての戸惑いとが入り混じり、もう「うん」としか言えない。

どうしたらいいのかなんてまったくわからず、全部彼にゆだねてただひたすらしがみついていた。

「あ……んっ」

「心春……」

陸人さんは余裕があると思っていたのに、はっ、と色香をまとったため息を吐き出したあと、「気持ちよすぎてすぐイキそう」とつぶやいている。

「陸人、さん……」

強く抱きしめてほしくて体を引き寄せると、「煽るなよ」と言いながらもがっしり抱きしめ、熱いキスをくれた。

それからはただ髪を振り乱し、声をあげているだけで精いっぱいだった。

「あぁっ、もう……」

腰の動きを速めた彼は、やがて体を震わせ欲を放った。そして力尽きたようにドサッと隣に横たわり、私を腕の中に誘う。

「ご両親に挨拶に行くよ。そうしたらすぐに籍を入れよう。結婚式も、もちろんやろう」

「はい」

とんとん拍子で決まっていく人生の大イベントに驚きつつも、胸がいっぱいになる。

私はたくましい腕をつかんでうなずいた。

陸人さんは、私の傷をそっと撫で始める。

「この傷、痛むだろ」

「時々痛いです。天気が悪いときとか、ストレスを感じた日はチクチクと。……触らなくていいですよ」

もしかしたら私を気遣ってそうしてくれているのではないかと思い、付け足した。

「この傷も心春の一部だろ？　俺、手術痕をきれいに治すための勉強もしてて」

「ほんとですか？」

治してもらえるのではないかという期待が高まり、大きな声が出てしまう。

「うん。よかったら一度、うちの病院で検査を受けてみない？　ほかの先生とも相談するから」

「はい」

ずっと悩みの種だった傷痕がきれいになるかもしれないなんて。

彼と結ばれただけでも天に上るような気持ちだったのに、最高の一日になった。

「この傷を負ったのはどうしてか覚えてる？」

「えっ？」

覚えてるって？

その聞き方が少し気になったけれど、すべてを知ってもらいたいと思い話し始めた。

「事故があったみたいなんですけど、どんな事故だったのかはよくわからなくて。そのときのショックで、それ以前の記憶がないんです。ケガをして病院に担ぎ込まれて、しばらく意識がなかったようで……。目覚めたとき、怖いという感情だけは残っていたのですが」

「そう……。なにがあったかは知らないんだ」

「はい。思い出そうとすると頭が痛くなって。両親に尋ねても、思い出す必要はないと言うばかりで。お医者さまも、忘れたいから記憶に蓋をしたんだよとおっしゃるんです。解離性健忘（かいりせいけんぼう）という、自分が壊れないようにする自己防衛反応だと」

最初は記憶が飛んでいるのが気持ち悪くて、なんとか思い出したいと画策した。でも、それもいつしかやめてしまった。自己防衛反応だとしたら、やはり忘れ去ったほうがいいのかもしれないと思ったのだ。

「うん。それでいいんじゃないか？　過去なんて気にならないくらい心春を幸せにするから」

「はい」

彼の言葉がうれしくて、しがみついた。

「でも、大切なことまで忘れているような気がして……」

その部分は出てきそうで出てこない。記憶の引き出しがカタカタ音を立てているのに、どうしても鍵が開かない、みたいな。

「無理に思い出さなくていいよ。これからを大切にしよう」

そうだよね。せっかく好きな人と結ばれるんだもの。過去より未来を見て歩きたい。

「陸人さん」

「ん？」

「お誕生日、おめでとうございます」

大したお祝いもできなかったなと改めて祝福の言葉を伝えると、彼は白い歯を見せる。

「ありがと。俺の腕の中に心春がいてくれるなんて、最高の誕生日になったよ。来年も再来年も……じいちゃんになっても、一緒にいてほしい」

「もちろんです」

結婚をあきらめていた私が、大好きな人に受け入れてもらえるという幸福を手にできたこの日は、忘れたくても忘れられない。私にとっても最高の一日となった。

翌日の昼休み。陸人さんはまた食彩亭に来てくれた。十四時近かったので食彩御膳は残っていなかったが、楽しそうに弁当を選んでいる。

「今日は照り焼きチキンにしよう。きんぴら入ってる」

「きんぴら、お好きですか？」

そういえば、彼のマンションで作ったとき、パクパク口に運んでいたっけ。

「うん、かなり。奥さんの作ってくれるきんぴらが一番だけど」

レジの前に来て小声でささやくので驚き、目を白黒させる。すると彼はいたずらっ子のようにクスッと笑った。

奥さんって……。私、陸人さんの奥さんになれるんだ。

会計を済ませた彼は、帰らずになぜか残っている。どうしたのかな？と首をひねりながら次のお客さんの対応をした。

そのお客さんが出ていくとほかには誰もいなくなり、陸人さんが再び近づいてくる。

「心春、重さん出てこられる？」

「はい。ちょっと待ってください」

なんの用だろう。

不思議に思いながら重さんを呼んでくると、陸人さんはキリリとした顔で重さんを見つめた。

「先日の……。その節はありがとうございました」

「とんでもないです。今日は、お願いがありまして。……心春さんを私にください」

陸人さんが深々と頭を下げる。

まさか、これを言いたいがために待っていたの？

驚きのあまり目が飛び出しそうになった。

唐突な申し出に瞬きを繰り返す重さんは、言葉をなくしている。けれどもしばらくして、顔に喜びが広がった。

「そうでしたか。よかった。心春ちゃんは本当にいい子で。そうか、そうか……。こちらこそ、心春ちゃんをよろしくお願いします」

重さんが目にうっすらと涙を浮かべるので私まで泣きそうになる。

きっと陸人さんは、重さんが私を『娘のように思っている』と話していたのを覚えていて、挨拶に来てくれたんだ。

「はい。必ず幸せにします。それでは、失礼します」

陸人さんは私に微笑みかけてから仕事に戻っていった。

恵子さんにも聞こえていたようで、奥から飛び出してきて私を抱きしめてくれる。

「見てる人は見てるんだよ。心春ちゃん、幸せになるんだよ」

「ありがとうございます」

店頭だというのに涙がこらえきれなくなり、声を震わせた。

素敵な人に囲まれて、私は最高の人生を歩めている。

この傷を負ってからどうしても前向きになれなかったけれど、目の前がぱあっと開けた気がした。


結婚後は陸人さんのマンションに住むことになり、着々と引っ越しの準備をしている。次の週末に休みをもらったので、彼と一緒に双方の実家に行く予定だ。

アパートで段ボール箱に荷物を詰めていると、懐かしいアルバムが出てきて手が止まった。

「この頃はなにも考えてなかったな」

小学校の入学式。父と母の手を握って満面の笑みで写真に納まっている。傷痕があることで周囲の人から避けられるとは知らない頃だ。父が私のランドセルを手に持っているのは、背中の傷がまだ痛んで背負えなかったからだ。

幼稚園の年中の冬に事故に遭ったと聞いている。それから精神的なダメージもあり一カ月ほど入院したが、退院してからは幼稚園にも通わずずっと家にいた。

アルバムを閉じて次の作業に入ると、とある絵本を見つけた。

「こぐまさんのはちみつケーキは、ふわっふわであっつあつ」

事故の前の記憶は飛んでいるはずなのに、この絵本だけは覚えている。きっと繰り返し読んだのだろう。ボロボロになっても、大切な思い出が詰まっている気がして捨てられずにいたのだ。

「思い出さないほうがいいのかな……」

事故の痛みや苦しみは、二度と経験したくない。けれども、その前にあった楽しい出来事まですべてなかったことになっているのはとても残念だ。

でも……。陸人さんと新しい人生を歩むのだから、くよくよしていても仕方がない。

私は懐かしいその絵本を閉じて、段ボール箱に詰めた。

違和感の答え

日曜はいよいよ陸人さんの実家に挨拶に向かう。どんより曇った空にははらはらと雪が舞い始め、緊張で体を硬くしている私をさらにいっそう凍りつかせた。

「心春、傷痛む？」

「ちょっと」

実家へと向かう車の中で、ハンドルを巧みに操る陸人さんが問いかけてくる。

天気が悪いと傷が疼くと話したから心配しているのだ。けれども今日は、天気のせいというよりは緊張のせいだろう。

「また今度にする？」

「いえ、大丈夫です」

先延ばしにしたって緊張がなくなるわけじゃない。それに早く結婚を認めてもらい、彼と夫婦になりたい。

自分にこんな積極的な感情があるのに驚いたけれど、こうして前向きになれたのは陸人さんのおかげだ。

彼の実家は、とある高級住宅街の一角にあった。まるで白亜の城とでも言うべきか、白い壁が美しい洋館は立派すぎて、怖気(おじけ)づくほどだ。

陸人さんは私の手を握り、玄関に入った。

すでに結婚相手を紹介すると伝えてあるようだけど、どんな反応をされるのか気が気でない。

「ただいま」

「おかえり。初めまして。陸人の母です」

肩のあたりで切りそろえた髪を揺らしながら笑顔で出迎えてくれたお母さまは、手の指先まで神経が行き届いていて、上品という言葉がぴったりだ。

「初めまして。本宮心春と申します」

私も挨拶をすると、にこやかだったお母さまの顔が引きつったように見えて、たちまち心臓が暴れだす。

挨拶の仕方、間違ってた？

「本宮、さん……？」

「話は中でするよ」

「……そうね。上がって。お父さん、呼んでくるわ」

この妙な雰囲気はなに？

首を傾げながらも、陸人さんと一緒に広いリビングに足を踏み入れた。

ダークブラウンのふかふかなソファに腰掛け、隣に座った陸人さんに話しかける。

「私……大丈夫でしょうか？」

なにか粗相をしたのではないかと心配で尋ねたが、彼は笑顔で首を横に振った。

「もちろん。それに、万が一結婚を認めてもらえなくても、俺は心春との未来を取るよ。まあ、認めてもらえないなんてありえないけど」

彼の覚悟がありがたくて、私も口角を上げた。

しばらくして、陸人さんと同じように背が高いお父さまが入ってきた。しかし立ち上がって頭を下げた私をじっと見つめて驚いた顔をしている。

なんなのだろう、この反応。

「本宮心春さんです。彼女と結婚するので、ご報告に」

「本宮心春です。初めまして」

陸人さんの紹介に合わせてもう一度腰を折った。

「……陸人の父です。どうぞ座って」

戸惑い気味のお父さまに促されて再びソファに座ると、紅茶を出してくれたお母さまもお父さまの隣に腰掛けた。

「陸人、これは……」

お父さまはなにか言いたげだったが、陸人さんは落ち着いた様子できっぱり告げる。

「彼女と一緒に生きていきます」

「本宮さんのご両親は……？」

「これからうかがって、挨拶してきます。必ず認めていただきますから、大丈夫です」

ふたりの会話に違和感があるのはどうしてだろう。私にはわからないなんらかの言葉が、お父さまと陸人さんの間に飛び交っているように感じられる。

「いや、しかし……」

お父さまが眉をひそめるので、緊張がさらに高まっていく。

「彼女は弁当屋に勤めていて、料理がとてもうまいんだ。優しい人柄から、店主にかわいがられてる。素晴らしい女性です」

陸人さんはそう言いながら、戸惑う私の顔を見て微笑みかけてくれる。

「それはそうかもしれないが……。もっとよく考え——」

「考えました。俺には彼女しかいない。彼女以外の人と結婚するつもりはありません」

お父さまの発言を遮り、はっきりと宣言してくれる陸人さんに胸が熱くなる。

「そう、か」

肩を落とすお父さまは、ソファに深く腰掛けてため息をついた。

歓迎されていないのがありありとわかり、とても口を挟める雰囲気ではない。

——私、なにかしてしまっただろうか。

「今日はこれで失礼します。心春、行こうか」

陸人さんは私を促して立ち上がる。

「陸人、あなた本気で……」

「俺は彼女と幸せになります。これは相談ではなく、報告です」

切羽詰まったようなお母さまにそう告げた陸人さんは、私の手を引き天沢家をあとにした。

ガレージで車に乗り込み、すぐに口を開く。

「私、歓迎されてないですよね」

「いや。……俺、ずっと親父の友人の娘さんとの縁談を勧められてたんだよ。その女性と結婚する気はないから断ったんだけど、あきらめてくれなくて。それであんな態度を。ごめんな、心春」

陸人さんはそんなふうに言うけれど、私が名乗ってから妙な雰囲気になったと感じたのは気のせいだろうか。

「陸人さん、きっとご両親の自慢の息子さんなんでしょうし、私が妻では力不足ですよね」

もしかしたら両親は、優秀な彼の妻にはしかるべき家柄のお嬢さんを望んでいたのかもしれない。お父さまの友人の娘ともなれば、いわゆるお眼鏡に適った人だったのだろう。それなのに、その相手ではなかったのでがっかりしたんだ、きっと。

「心春は俺を幸せな気分にしてくれるじゃないか。どこが力不足なんだ。そんなふうに思わなくていい」

「……はい」

うなずいたものの、胸のモヤモヤは消えない。そう思っているのは陸人さんだけなのかもしれないのだから。

不安が渦巻いたまま、次は私の実家へと向かった。車を降りると、陸人さんはしきりにネクタイを直している。

「はー。どんなオペより緊張する」

「本当にいいんですか？」

天沢の両親にこの結婚を納得してもらえていないのに、この先に進んでもいいのだろうか。

「いいに決まってる。心春は俺と結婚するの嫌?」

その質問に即座に首を横に振った。

「さっきも言ったけど、俺は心春としか結婚するつもりはないんだ。両親とは改めて話をするから。俺を信じて」

陸人さんは私の目をしっかり見つめて訴えてくる。

「わかりました」

彼がそう言ってくれるなら、私はうなずくだけだ。私だって、陸人さん以外の人と結婚なんて考えられない。

「なあ、ネクタイ曲がってない?」

「曲がってませんよ。緊張なんていらないですって」

あらかじめ結婚したい人を連れていくと電話で一報を入れたとき、母は電話口で洟(はな)をすすっていた。私が結婚をあきらめているとおそらく気づいていた両親は、喜んでくれているに違いない。ましてや、相手が優秀なドクターだなんて腰を抜かすかも。

いつも冷静な陸人さんのソワソワぶりは意外だったが、さっき天沢家に向かったときの私と同じか。

「よし。行こう」

どうやら気持ちを落ち着けた様子の彼は、私の手を引きチャイムを鳴らした。

すぐに玄関先に出てきた母は、陸人さんの顔を見る前から笑顔だ。

「心春、久しぶりね。あなたひとり暮らしを始めたら、ちっとも帰ってこないんだもの」

「ごめんなさい。忙しくて」

母は私と会話をしているくせして、視線はすでに陸人さんに向いている。

「初めまして。今日は突然お邪魔して申し訳ありません」

「とんでもない。お会いできるのを楽しみにしていました。さあ、どうぞ」

上機嫌な母は陸人さんを家の中に促した。

リビングのソファにふたり並んで座っていると、妙にかしこまった父が入ってくる。

陸人さん以上に緊張している様子で、表情筋がピクリとも動かない。

「どうも、心春の父です」

「お邪魔しております。天沢陸人と申します」

立ち上がった陸人さんが挨拶をすると、コーヒーをテーブルに置こうとした母の手が止まり、父がなぜか目を真ん丸にした。

「天沢……？」

「はい。野上総合病院で救命救急医をしております。本日は、心春さんとの結婚を許していただきたくて参りました」

陸人さんが堂々と結婚の申し入れをしているのに、父は瞬きを繰り返すだけでなにも言わない。

どうしたの？　天沢の両親の反応にも違和感があったけれど、父や母も変だ。

「お父さん？」

「すみません。どうぞ座って」

父はようやく我に返って陸人さんを促した。

この妙な雰囲気はなんなのだろう。

私たちの対面に母と一緒に腰を下ろした父が話し始める。

「……心春が結婚相手を連れてくると聞いて、それはもう飛び上がるほどうれしかったのですが……。天沢さんは、心春の傷痕についてはご存じですか？」

それを心配して反応がおかしかったの？　でも、態度が変わったのは、陸人さんが名乗ってからのような……。気のせいかな。

「はい。全部承知しております。ですが、私は心春さんと一緒に生きていきたいと願っています」

あれほど緊張していた陸人さんだが、父をまっすぐに見てはきはきと話す。私はその言葉がうれしくて、黙って聞いていた。

「そう、ですか」

「彼女が望むなら、傷痕をきれいにする治療ができたらと思っておりまして」

「治療？」

母が声をあげて身を乗り出した。

「はい。私は救急を担当しておりますが、専門は形成外科でマイクロサージャリーという手術を得意としています。血管や神経をつなぐような細かい手術のことですが、ケロイドの治療もいたします」

「お父さん……」

母は父の顔を見て声をかける。すると父が口を開いた。

「手術をするとひどくなる可能性があると聞いているが……」

「そうですね。ためらう医師もいます。ですが、放射線治療やステロイドの注射、あとは内服薬などを併用することで、治療成績がかなり上がっています。今の状態よりはよくできるはずです」

すでに話を聞いている私は、治療に前向きな気持ちでいる。

「そうですか。よかったね、心春」

母が涙ぐむので、私の視界もにじんだ。陸人さんに出会って、人生を取り戻した気さえする。

「医師として、もちろん最善を尽くします。でも、私は医師である前に彼女のパートナーになりたい。どうか、結婚を認めていただけないでしょうか？」

陸人さんはどこか歯切れが悪かった父に、もう一度頭を下げた。

「この結婚は……。いや……天沢さん、あなたは一生心春と添い遂げる覚悟があるんですか？」

まさか、父が陸人さんを疑うような発言をするとは思っておらず、ハッとして陸人さんに視線を送る。

問いかけられた陸人さんは凛々しい表情を崩すことなく、大きくうなずいた。

「もちろんです。私の人生をかけて、心春さんを必ず幸せにします」

その力強い言葉がどれだけうれしかったか。

戸惑いながら陸人さんと付き合い始めたけれど、絵麻に背中を押されたあの日、彼に電話をかけてよかった。

「心春、あなた……思い出し――」

母がなにかを言いかけたが、陸人さんがそれを制するように小さく首を横に振っている。

なにやら目配せしているように感じるのだけれど、なんなの？

「そう、ですよね……。心春は天沢さんと結婚したいのね？」

「はい。彼と一緒に生きていきたいです」

母の質問に答えると、父は複雑な顔をしながらもうなずいている。

「天沢さん。私たちは心春が泣く姿だけは見たくない。心春は随分つらい思いをしてきました。もうこれ以上泣かせたくないんだ」

父が語気を強める。

両親が傷痕のことで悩む私を見て、心を痛めてきたのを知っている。私が泣くたびに、いつも盾になってくれた。そんな両親が改めて私を守ろうとしてくれているのだとわかり、胸がいっぱいになる。

「もちろん泣かせません。どうか私を信じてください」

「信じてあげれば？」

いきなり部屋に入ってきたのは、兄の謙一だ。

三つ年上の彼は、大手スポーツ用品メーカー『レーブダッシュ』の営業統括部に勤めている。自称〝やり手〟らしいが、幼い頃、同級生にからかわれるたびに言い返してくれた頼れる存在なので、あながち嘘でもない気がする。ただ、ちょっとぶっきらぼうなところがあるのが玉に瑕だ。

ひとり暮らしをしている兄にも結婚を考えている女性がいて、実家にはなかなか顔を出さないのに、珍しく帰ってきていたようだ。

「謙一、いきなり失礼だ」

「すみません。心春が結婚相手を連れてくるというので覗きに来たんですけど、覚悟がしっかりある方のようでよかった。そうでなければ結婚なんて考えないでしょうから」

それは、普通は大きな傷を持つ私との結婚なんて考えないという意味？

よくわからないものの、兄はこの結婚に反対ではなさそうだ。

「一生、お守りします」

陸人さんが改めて伝えると、父が「どうぞよろしくお願いします」と頭を下げてくれた。

一時は緊張が漂ったものの、陸人さんとの結婚が認められて胸がいっぱいになる。自分にこんな日が来るなんて、いまだに信じられない。

それに、私を心配する父や母、そして兄の愛情を感じられた、幸せなひとときだった。

少し遅くなったので夕飯を一緒にと誘われて、私は母と一緒にキッチンに立った。

その間、陸人さんは兄となにやら話し込んでいる。最初は深刻な雰囲気だったため気になったものの、徐々にふたりに笑顔が見られるようになったのでホッとした。

こうして私たちの結婚が正式に決まった。

天沢家の反応をずっと気にしていたのだが、改めて話しに行った陸人さんが「ちゃんと了承してくれたよ。急だったから心の準備が整っていなかっただけだ」と言うので、胸を撫で下ろした。

入籍はいつがいいかとか、結婚式はどこで挙げようかとか、幸福な時間が過ぎていく。

陸人さんのマンションへの引っ越しの日も検討していたが、彼が十日ほどアメリカに出張になってしまい、帰国してからとなった。

学会があるのだという。以前にも赴いていて、陸人さんはその場で発表した経験もあるらしい。英語もペラペラなのだ。

そんな優秀なドクターの妻が私でいいのか心配になるけれど、彼がいつも私に愛情を傾けてくれるので笑顔でいられた。

出張前夜。陸人さんは私を丁寧に抱いた。

初めてのときは緊張で必死にしがみついているだけだったのに、何度も体を重ねるうちに気持ちいいという感覚が芽生えてきた。

いたるところに舌を這わせて私の体を溶かした彼は、ゆっくり入ってくる。

「あぁっ……」

シーツをつかみ、快楽を逃そうとしても高まるばかりで、体をのけぞらせてしまう。

「はー」

恍惚（こうこつ）の表情を浮かべる彼の、深く、そして甘いため息を聞くだけで、ますます体が敏感になるのはおかしいだろうか。

熱いキスを繰り返しながら律動を繰り返す彼は、一度出ていき今度は私をうしろから貫いた。

「んぁっ……」

最奥を突かれて背をしならせると、彼は私の傷にそっとキスを落とす。

「陸人、さ……」

「どうした？」

「大好き」

普段はこんなことを口にできない。でも、気持ちがあふれてきて止まらないのだ。

ずっと醜いと思い続けてきた傷さえも愛おしいと言ってくれる彼となら、幸せに生きていける。

「俺のほうが。愛してるよ、心春」

甘くささやいた彼は、動きを激しくしてやがて欲を放った。

学会のために陸人さんが旅立ったあとも、いつものように食彩亭で働いている。

「心春ちゃん、食彩御膳あがったよ」

重さんは今日も元気だ。

「今日はなんですか？」

「ぶり大根」

「わー。大根とろとろ」

重さんのぶり大根はよく味が染みていて箸が進む。

容器におかずを詰めた恵子さんが店頭に出てきて並べ始めたので私も手伝った。

「心春ちゃんは働き者だね。式はいつになったの？」

「まだ会場を迷ってて……。とりあえず入籍は来月のよき日にと思ってます」

式場のパンフレットを集めたものの、私と陸人さんの休みがなかなか合わず、見学にあまり行けていない。だから先に入籍するつもりだ。

「そう。花嫁姿、楽しみね」

「ありがとうございます」

私もドレス選びに胸を弾ませているのだ。

「さて、そろそろお客さん来るよ。店、開けてくれる？」

「わかりました」

恵子さんに指示されて、営業中の札を下げた。

その日も忙しく働いた。

陸人さんと出会い、彼が私のすべてを認めてくれたおかげで、以前より心に余裕ができて笑顔も増えているのではないかと思う。

お昼どきは店内がお客さんであふれる。恵子さんの手も借りながら、会計をこなしていった。

一旦客足が途絶える午後三時。ショートカットの似合う女性が入ってきた。白いブラウスに紺のパンツ。そしてヒールをカツカツ言わせて歩く彼女からはキャリアウーマンの雰囲気が漂っている。おそらく初来店のお客さんだ。

「いらっしゃいませ」

声をかけると、彼女は並んだ弁当に目をやり、「おすすめはどれかしら？」と聞いてきた。

「そうですね。どれもおいしいのですが、今日は豚バラしそロール焼きがよく出ています。添えられているだし巻きたまごも大人気で、こちらをメインにしただし巻きたまご弁当もおすすめです」

重さんの料理はどれも絶品で、ひとつに絞れない。胸を張ってすすめられるものばかりで、好みの問題だ。

「そう。それじゃあ、豚バラのほうをひとついただくわ」

「ありがとうございます」

私は早速袋に詰めて会計を始めた。

「本宮心春さんですよね」

「えっ？　……はい」

バッグから財布を取り出した女性が私の名前を口にするので手が止まる。

「私、吉野と申します。陸人さんの同僚です」

陸人さんの同僚？

「お医者さま、ですか？」

「はい。野上で内科医をしています」

「はじめまして」

笑顔で会釈したのに、彼女は表情ひとつ変えず、どこか冷めた雰囲気を漂わせていた。

「お仕事、何時に終わりますか？」

「……十九時過ぎには終わるかと」

「少し話がしたいので、十九時頃からすぐそこのカフェでお待ちしています。それでは」

有無を言わせぬ言い方で約束を取りつけた彼女は私に笑いかけて出ていったが、その笑みが無理やり作ったものだとすぐにわかった。私を見つめる目はずっと冷たい色をしていた。

なんだろう。胸騒ぎがする。

十九時の閉店のあとすぐさま指定されたカフェに赴くと、先にお茶をしていた吉野さんは「どうぞ」と席に促してくれる。

「お待たせしてごめんなさい」

「いえ。こちらこそ急にすみません」

メニューを手渡され、コーヒーを注文したあと会話が始まった。

「陸人さんは、アメリカですね？」

「はい」

私が答えると、吉野さんはしばらく黙り込み、紅茶を口に運んでいる。

それにしても〝陸人さん〟って。ただの同僚ではなさそうだ。

緊張で手に汗握る。

気まずい雰囲気が流れたまま沈黙が続いたけれど、私のコーヒーが運ばれてくると彼女は口を開いた。

「私、陸人さんとは家族ぐるみのお付き合いをしているんです。私の父と彼のお父さまは大学時代からの友人でして、幼い頃からよく両家を行き来していました」

それを聞き、陸人さんの縁談の相手が彼女なのだと気づいた。親の仲がよい上、同じ医師ともなれば、結婚相手としては申し分ないだろう。

「あのっ……」

「天沢のご両親は、私たちの結婚を望まれていて……。でも陸人さんは、うんとは言いませんでした」

眉間に深いしわを刻んだ吉野さんは、目をつり上げて私をにらむ。

私が邪魔をしたと言いたいのだろうか。でも、私は彼女の存在を知らなかったし、陸人さんもその縁談は断ったと話していた。

「まだ不足ですか?」

「不足、とは?」

「陸人さんにはなんの落ち度もないのに、ずっと苦しんできたんです。そもそも医者になったのだって、責任を感じて……」

彼女がなんの話をしているのかわからなくて、ただ瞬きを繰り返す。

「責任と言いますと?」

「とぼけないで。あなたの背中の傷よ。それを治さなければと躍起になって、彼は外科医になったのよ。知ってるでしょ？」

「えっ……？」

私は首を横に振った。

そんな話は初耳だし、この傷について打ち明けたのもほんの少し前の話だ。そもそも私たちが出会ったのはつい最近で、陸人さんが医者になったのはそれよりずっと前でしょう？

「とぼけてるの？」

「いいえ。どういうことなのか私にはさっぱり……」

正直に言うと、彼女は目を見開き、そして深いため息を落とした。

「陸人さんがかわいそうよ」

「どういうことでしょう？」

私の知らない真実が隠されているようで、気がはやる。

「あの誘拐事件でケガをしたのは、お気の毒だと思います。でも、陸人さんだって被害者なの。たまたま一緒にいたあなたが襲われただけで、その傷を負ったのは陸人さんだったかもしれない。それなのに、彼はずっとあなたに申し訳ないと罪の意識を背負い続けて……」

待って。誘拐事件ってなに？　襲われたって？

「結婚まで犠牲にさせるの？　彼はあなたの一生を背負わないといけないほど悪いことをしたの？　そりゃあ、陸人さんが狙われた犯行だったけど、彼に責任はないじゃない。それなのに、一生苦しみ続けるの？」

衝撃の告白にしばらく言葉が出てこない。

つまり、この傷は事故ではなく誘拐事件で負ったもので、その誘拐は陸人さんを狙ったものだった。でも、彼とたまたま一緒にいた私が被害に遭ってしまったと――。

陸人さんと私は、子供の頃から知り合いだったということ？

「私は彼が苦しむ姿なんて見たくない。ずっと心配してたのに、突然結婚すると言いだしたと思ったらそのお相手が本宮さんだなんて、ご両親も頭を抱えてるわ。でも、少なからず天沢家が本宮さんを巻き込んだ形になっているんだもの。折れるしかないじゃない」

吉野さんの話を聞いて、天沢家に赴いたときの両親の複雑な表情や戸惑いの理由がわかった。やはり私は歓迎された花嫁ではなかったのだ。

「勘違いしないで。陸人さんがあなたと結婚するとしたら、贖罪(しょくざい)の気持ちだけ。あなたを愛してなんかないの」

彼女の辛辣な言葉に、心が凍っていく。

「この結婚では、誰も幸せになれないわ。いえ、あなたはいいのかしら。優秀なドクターを夫にできて、過去の懺悔をさせられるんだもの。でも、陸人さんは針のむしろよ。それがわかっているのに結婚という選択をした彼の優しさ、あなたにわかる？」

吉野さんは目にうっすらと涙を浮かべる。

「恨むなら、犯人を恨みなさいよ。陸人さんを縛りつけないで」

混乱する私はなにも言い返せない。

そもそも、その誘拐事件が本当にあった出来事なのかどうかすらわからないのだ。

当時の主治医は、記憶を失ったのを自己防衛反応だと話していた。私はそれでよかったけれど、自分の身がわりに私がケガを負ったと思っている陸人さんは、ずっと苦しんできたのだろうか。

「身を引いてくれませんか？」

「えっ？」

「陸人さんを愛しているのなら、もうこれ以上彼を苦しめないで。彼はこれが贖罪のための結婚だなんて絶対に言わないでしょう。でも、間違いなくそうなの。もう解放してあげて。彼だって自分の人生を歩む権利はあるでしょう?」

感情的にまくしたてる彼女だけれど、その気持ちはわからなくもない。

もしこの話が本当ならば、陸人さんは自分の人生を私に捧げるつもりなのだろう。――彼に落ち度はなかったとしても。

それくらい優しい人なのだ。私の傷を治すために外科医になったというのも信ぴょう性がある。だから傷の治療にも詳しかったのだ。

けれども、記憶がない私にはそれが真実かどうかわからず、ただ頭を抱えるだけ。

「黙り込むなんてずるいわ。自分がよければ、陸人さんがどうなってもいいんですよね」

「違う……」

私はムキになって言い返した。断じてそれだけは違う。

「あなたが正しい道を選んでくれることを祈ってます。それでは」

吉野さんは紅茶を半分残して去っていった。

「正しい道……?」

陸人さん、あなたは私を愛してなんていないの? 傷にキスをしてくれたのも、罪の意識から?

頭が真っ白になってしまった私は、それからしばらく動けなかった。

そのあと、どうやって家にたどり着いたか覚えていない。気がつけばベッドに座って放心していた。

そういえば……。傷痕について打ち明けたとき、陸人さんは『この傷を負ったのはどうしてか覚えてる？』と私に尋ねた。初めて知ったはずの彼がする質問にしてはおかしいと感じたのだが、やはり以前から私の背中に傷があるのを承知していたに違いない。

ということは、私の傷を治すために外科医になったというのは本当なのだろう。父や母にも傷の治療法について詳しく話していたし。あのときは、外科医なら誰でも知っている知識なのだと思ったけれど、もしかしたら違うのかもしれない。

そのとき、携帯が震えたのに気づいて手に取った。陸人さんからのメッセージだ。

【ボストンに無事到着しました。今日も一日お疲れさま】

私をねぎらう言葉を見て、視界がにじんでくる。

「陸人さん……。嘘だと言って」

吉野さんの言葉を全部否定して。私を愛しているから抱いたのだと。結婚を申し込んだのだと。お願いだから……。

心の中で叫んでも、遠いボストンにいる彼に伝わるはずもない。

【長旅お疲れさまでした】

たったひと言では冷たいと思ったけれど、今の私はこの返信をするので精いっぱいだった。


眠れぬ夜を過ごした翌日は、仕事はお休み。私は図書館へ走った。

そして記憶をなくした頃の新聞を片っ端から調べ始める。

父や母に何度か事故について尋ねたことがある。でもいつも、思い出さなくていいと堅く口をつぐんでしまうのだ。それなら、自分で調べるしかない。

「十二月くらいよね、たしか」

入院している間に、通っていた幼稚園の冬休みが終わっていた気がする。そのまま退園したため友達と会えなかったが、そもそも記憶が欠けてしまった私は、特に寂しいという感情もなかった。

しばらく調べていると、ふと手が止まった。

「五歳女児刺されて重体、って……」

私？

記事を読み進むと、鳥肌が立ち始めた。

五歳男児の誘拐を目論んだ佐藤肇（さとうはじめ）容疑者二十六歳は、男児が公園から帰宅するところを狙ったが、友人の女児が騒いだため持っていた文化包丁で女児の背中を斬りつけた。周囲にいた大人が気づき佐藤容疑者は逃走したが、約一時間半後に身柄を確保。女児は病院に運ばれたが重体。男児にケガはなかった。上司である男児の父から、職務怠慢により退職勧告されたのを恨んでの犯行だった——。

ふたりの子の名前は出ていなかったが、これが私と陸人さんなのだと確信した。

すべてを思い出したわけではないけれど、この佐藤という男に包丁を振りかざされた瞬間が頭によみがえったからだ。

「嫌だ。殺さないで……」

小声でつぶやき、頭を抱える。

怖い。もうこんな目に遭うことはないとわかっていても、体の震えを抑えられない。

このままでは号泣しそうだと思った私は、図書館を飛び出した。

自分が壊れないように記憶を失ったというのは間違いではないのかもしれない。心が音を立てて粉々に砕け散りそうだ。

「痛い……」

そのうち傷痕が痛み始め、人気のない公園のベンチに座り込んだ。

あふれてくる涙がぽたぽたと地面に落ちても、それを拭う余裕すらない。

「陸人、くん……」

そうだ。私は彼をそう呼んでいた。

『陸人くん、危ない！』

あのときそう叫んだら、男が私をめがけて包丁を……。

陸人さんを逃がそうと声をあげたがために刺された私を目の前で見て、自分の代わりに犠牲になったのだと、彼が罪の意識を抱いたとしても不自然じゃない。

命は助かっても、ひどい傷痕を背負って生きることになったのを知っていて、外科医を志し、そして私の前に現れたのだ。

吉野さんの言うように、陸人さんは私を愛してなんかいないのかもしれない。ただ、私に傷を残した償いをしようとしているのだろう。

あまりの衝撃に混乱した私は、しばらく涙を流し続けた。

なんとか家にはたどり着いたものの、すさまじいショックを受けて放心状態の私は、なにを考えたらいいのかすらわからないほど混乱していた。

「陸人さん……」

スマホを見ると、何度か電話がかかってきている。しかし出なかったからか、メッセージが入っていた。

【今日はケロイドに有効な新しい薬剤についても話を聞いたよ。医学は進歩してる。しっかり勉強して帰る】

彼は本当に外科医になりたかったのだろうか。ほかに夢があったのに、私のせいであきらめたのかもしれない。

私を気遣う言葉の数々がうれしい一方で、そんなことを考えてしまう。

【来たばかりなのに、もう心春に会いたい。心春の手料理楽しみにしてる】

「ほんとに？」

罪の意識なんて背負わなくていいのに。だって、あなたがこの傷を作ったわけじゃないでしょう？

いっそ、責任を感じているから一生面倒を見るとはっきり言ってくれればよかった。

愛をささやいたりしなくてよかった。優しくしてくれなくて、よかった。

もう好きになってしまったのに、彼の心にあるのは、私への愛じゃなかったなんてきっと私がそばにいたら、彼は永遠に罪の意識にさいなまれたまま生きていくのだろう。

もしも医学の進歩のおかげでこの傷が癒えたとしても、彼の心は縛られたまま。

私は陸人さんに、そんな未来を歩ませたくない。彼には彼の人生があるのだから。

「もう十分だよ……」

私のために外科医になり、結婚まで考えてくれた。

あなたはまだ足りないと思うかもしれないけれど、そもそも謝ってもらう理由がない。

それに……私のいいところをたくさん教えてくれた彼から、自信をもらった。傷痕のコンプレックスが大きすぎて、自分のいいところなんて思いつきもしなかった私の人生を変えてくれた。

——私はさんざん考えて、ひとつの決断を胸にした。

好きだから、あなたを縛りつけたくない。

「陸人さん……。好き」

残酷だ。

再会は突然に

「ママ！　遅い」

　頬を膨らませながら駆け寄ってくるのは、三歳の娘、凛だ。仕事が少し長引いて、保育園へのお迎えが遅くなったのを怒っているのだ。

「ごめんね。今日は凛の好きなたまご焼き作るから」

　そう言いながら抱き上げると、途端に顔に笑みが広がる。重さんに教わっただし巻きたまごが大好物なのだ。

「ほんと？」

「もちろん。帰ろ」

　先生に挨拶をして、アパートへの道を手をつないで歩き始めた。

　――四年前。誘拐事件を知った私は、陸人さんの前から姿を消した。

　私のために今までの人生を犠牲にしてきた彼を、もう解放してあげたかったのだ。

　手紙に【陸人さんは陸人さんの人生を歩んでください】としたためたときは、涙が止まらなくなった。しかし必死に歯を食いしばり、部屋のポストに合い鍵とともに投函した。

その足で食彩亭に向かい退職を申し出ると、重さんと恵子さんは目を丸くしたが、私の思い詰めた様子を見て理由を聞かずに受け入れてくれた。

最後に弁当やおかずをたくさん持たせてくれて、『いつでも待ってるから帰っておいで』と声をかけてもらったときは、涙をこらえられなかった。

父や母にはなにも告げず、住み慣れた街を去り、電車で一時間ほど離れた隣県の小さな街で新しい生活を始めた。

ところが逃げるように陸人さんの前から消えたあと、お腹に赤ちゃんを宿しているのに気づいたのだ。

陸人さんに知らせるべきか随分迷ったが、ひとりで生んで育てると決め、凛を誕生させた。

凛の存在が私を強くした。

弱音なんてはいている場合じゃない。この子を一人前にしなければと必死で、陸人さんを想って泣くのもやめた。

父親のいない子にしてしまったのは私。凛に生まれてきたことを後悔させたくない。

そんな気持ちでいっぱいで、膨らみすぎた風船が弾けそうになっていた時期もあったけれど、なんとかここまで来た。

「今日、絵本読んだよ。保育園にもあるの」

「なにが？」

凛はおしゃべりな子に育ったが、まだ三歳。時々大切なところが抜けてしまう。

「こぐまさん！」

「こぐまさんのはちみつケーキね。人気なのね」

私が幼い頃から大切にしている絵本が、凛の世代の子供たちにも読まれていると思うと、なんだかうれしい。

私の記憶は相変わらず完全に戻ってはいないが、あの絵本を手にするたび、なぜかとても懐かしい気がする。なにか大切な思い出が詰まっているのかもしれない。

それを思い出せないのが少し残念ではあるけれど、もし事件の記憶とかかわりがあるのならこのままでいいのかもしれないとも思っている。

陸人さんは、今日も野上総合で必死に命をつないでいるはずだ。もう会うことはないけれど、時々病院のホームページにアクセスして、救命救急科のドクター紹介に載っている彼の写真をこっそり見ている。

凛は陸人さん似だと思う。ぱっちりした二重の目元も、どこか芯のある性格も。

でも、彼も新しい人生を歩んでいるはずだ。内科のドクター紹介には、笑みを浮かべる吉野さんの写真が載っている。もしかしたら彼女と結婚したのかもしれないと思うと胸が痛むが、陸人さんのもとを去ると決めたのは私なのだ。もう忘れなければ。

「祐(ゆう)くんに読んであげたの。凛ちゃんすごーいって」

凛は興奮気味に話す。

絵本好きな彼女にいつも読み聞かせをしているので、周りの子よりひらがなを読む力はついている。ただ、絵本一冊をすらすらと読めるわけではなく、こぐまさんのはちみつケーキは読みすぎてストーリーを記憶しているのだ。

「よかったわね。祐くんと仲良しね」

「うん！　凛、祐くん大好き」

凛を保育園に預けたばかりの頃は寂しくて、そして一緒にいられないのが申し訳なくて泣きそうになった。でも、凛にも友達がたくさんできてすっかり笑顔だ。

「ママ、大丈夫？」

「なにが？」

「お手々冷たいの」

私の手をしっかり握る凛は、乾風(からかぜ)にさらされて冷えた私の手を心配している。こういう優しいところも陸人さんそっくりだ。

「大丈夫よ。ありがとね」

頭を撫でると、凛は少し照れくさそうにはにかんだ。


家に帰ったあと、バタバタと夕食の準備を始める。

現在私は、スーパーやコンビニなどに弁当を卸している会社の工場で働いている。

といっても調理担当ではなく、できた総菜を容器に詰める部門の一員だ。

昼食には工場で作った弁当が支給される。おいしいけれどやはり重さんの味には敵わない。また食彩亭で働きたいなと思いを馳せるものの、陸人さんに会ってしまう可能性が大きいので難しい。

「凛。たまご焼きとミートボールでいい？」

「いいよー」

一日中立ちっぱなしの仕事に、凛の世話。休息の取れない体はとっくに悲鳴をあげていて、ときおりレトルト食品に頼ってしまう。

野菜がないとレタスのサラダはつけたが、これでは栄養が偏りそうだ。でも、食彩亭のような色どり鮮やかで栄養満点の食事を毎食作っていたら、自分が倒れてしまう。

ママ失格だな……。

簡単なものばかりでも、「おいしい」と笑みを浮かべてたまご焼きを頬張る凛を見ていると、そんなふうに思えてしまう。

でも、ひとりで育てると決めたのは自分なのだ。もっと頑張らなければ。

凛を風呂に入れたあとは、布団の中でしばらく親子の触れ合いをする。

絵本を読むことがほとんどなのだが、凛はこの時間を楽しみにしているようだ。だから、どれだけ疲れていてもこれだけは欠かせない。

「なに読もうか？」

「こぐまさん！」

「また？」

よほど祐くんとの時間が楽しかったんだろうなと思った私は、ボロボロになったこぐまさんのはちみつケーキを手にして読み始めた。

急に冷え込みがきつくなってきた十二月。その日は朝からはらはらと雪が舞い、冷えた手に息を吹きかけて温めた。

例年になく早い初雪に私はため息をついたが、凛は大はしゃぎ。保育園に向かう道すがらずっと空を眺めているものだから、何度も転びそうになり、つないでいる手を引っ張った。

「凛。下にも気をつけて」

「はーい」

元気な返事はするものの、彼女の目は雪に釘づけだ。

これは無理そうだな……。

私は苦笑しながら、凛の手をしっかりと握った。

保育園に着くと、雪に喜んでいるのは凛だけではなかった。たくさんの園児が園庭に出てきて、空に向かって手を上げている。

「ママ。雪まるま作ってくる！」

「あはっ。雪だるまね。でも雪だるまは積もらないと無理なのよ」

降り方が激しくないため、地面に落ちてもすぐに溶けていく。ただ、昼過ぎから大雪になるという予報を耳にしたので、もしかしたら雪だるまも作れるかもしれない。

「凛。寒いからお外に行くときは上着着てね」

「はーい」

また気のない返事だ。

外にいる園児たちも薄着で、見ているこちらが寒くなるけれど、きっと体温の高い彼らは気にならないのだろう。

先生に凛を託した私は、職場へと急いだ。

仕事を始めて一時間ほど経った頃。「本宮さん！」とチーフが焦った様子で私を呼んだ。

「はい」

一旦作業の手を止めて事務所に行くと、「保育園から電話だよ。凛ちゃんだっけ、ケガしたみたいで」と伝えられ、慌てふためいて受話器を耳に当てた。

「もしもし、本宮です」

『ひまわり組の田中(たなか)です。申し訳ありません。凛ちゃん、さっき園庭で遊んでいて、顔にケガをしてしまいました。園長が近くの外科に連れていっていますので、向かえませんか？』

顔にケガ？

ショックで倒れそうになるも踏ん張り、「わかりました」と答える。

どうやら先生に隠れて木登りをしていた男の子が雪で手を滑らせて落ちたところに

凛がいたようだ。転んだ凛は木の幹に激しくぶつかり、額を切ってしまったのだとか。

チーフから早退の許可を得た私は、病院へと走った。

凛が運び込まれたのは、保育園の近所の小さな外科のクリニックだ。

「本宮です！」

駆け込み受付で名乗ると、「処置中です」と奥に案内される。

「凛！」

園長先生が付き添ってくれていたが、凛の頬は涙で濡れ、着ていたスモックが血で汚れていた。想像していたよりずっと出血がひどい。

「お母さんですか？　頭部は出血しやすいですからひどく見えますが、心配なさらず。おでこを三センチほど切ってしまったようで、縫合しますね」

「……はい。あの、この子ケロイド体質で……」

ケロイドを起こしやすい体質は遺伝することもよくあるようで、凛は私の血を引いてしまった。ちょっとした引っかき傷でもみみず腫れになってしまうのだ。

「そうでしたか。ここでもそれなりの処置はできますが、女の子ですし、傷が残るのもつらいですよね」

先生の言葉に心臓がバクバクと大きな音を立て始める。

凛まで私と同じような運命を背負わせたくない。ましてや額なのだ。前髪で隠すのも限界がある。

「はい。なんとかなりませんか？」

すがるように尋ねると、治療の手を止めた先生はしばらく考え込んだ。

「少し遠いのですが、こうした傷の治療で有名なドクターがいらっしゃいます。そこに行けば、きれいに治していただけるんじゃないかと」

「お願いします！」

藁にもすがりたい気持ちで食いつくと、先生はうなずいた。

「激しくぶつけたみたいなので、念のため頭部のＣＴも撮ったほうがいいかもしれません。応急処置だけしますから、今からその病院に向かえますか？」

「もちろんです」

私はそれからハラハラしながら処置を見守った。

ほとんど血は止まったが、包帯でぐるぐる巻きにされた凛はよほど怖かったのか、おびえた表情で私にしがみついたまま離れない。

「凛。大丈夫だからね。違う病院で診てもらおうね」

待合室で待っていると、再び診察室に呼ばれる。

「本宮さん。野上総合にコンタクトを取ったら受け入れてくれるそうです。紹介状を書きましたので、救急外来に行ってください」

「野上？」

しかも救急？

「はい。救急に形成外科の腕のいいドクターがいらっしゃいます。目立つ顔の傷などはその先生が担当されるんです。夜勤明けで帰られるところを待っていただいています。急いでください」

もしかして……陸人さん？

「あっ、はい。ありがとうございました」

陸人さんだったらまずいと思ったものの、今は傷の治療が最優先だ。

凛がこの先、肩身の狭い思いをしながら生きていかなければならないなんて耐えられない。

それから足がない私を気遣った園長先生が、一時間弱の道のりを車で送ってくれた。

凛を抱いて救急に駆け込み、受付の女性に声をかける。

「お電話が入っているはずなのですが……」

「本宮凛さんですね。すぐに先生を呼びますのでそちらでお待ちください。……あっ、先生。さっきの電話の患者さんです」

受付の女性が私の肩越しにドクターを見つけて声をかけている。私は覚悟を決めて振り返った。

やはり陸人さんだ……。

私の予想は当たっていた。

懐かしい彼の姿を目の前にして、込み上げてくるものがある。頬が少しこけているように感じるのは、勤務が激務だからだろうか。それでも凛に向けた眼差しは優しく、あの頃とちっとも変わらない。

「凛ちゃんですね」

凛に向けられていた視線が私へと移る。その瞬間、彼は驚愕(きょうがく)の表情を浮かべた。

「こは……お母さん、凛ちゃんをこちらに。医学は進歩していますから安心してください。凛ちゃん、よく頑張ったね。もう大丈夫だよ」

すぐに医師の顔に戻った彼は、白衣を見て顔をしかめた凛を連れて処置室に入っていった。

これが親子の初めての対面だなんて複雑だ。でも、今は凛が無事にこの腕の中に戻ってきてくれればそれでいい。

ドア越しに、声が聞こえてくる。

「麻酔して洗浄する。──凛ちゃん、最初だけチクッとするけどそのあとは痛くないからね。少しだけ頑張ろう」

陸人さんは指示を出したあと、凛に優しく話しかけている。

救急と聞いて殺伐とした雰囲気を覚悟していたが、凛に怖い思いをさせたくないので助かった。

「……うん」

「えらいな」

凛のか細い返事を陸人さんは褒めている。

陸人さんが子供と接する姿を見たのは初めてだけれど、子供の扱いがうまいのが意外だった。

いや、彼は誰にでも優しいのだから当然か。

麻酔を打ったのだろう。凛は一瞬泣き声をあげた。しかし、「上手にできた。すごいぞ」という陸人さんの励ましで泣きやんだ。

それからは様々な指示が飛んでいたが、ときおり凛を気遣う声かけもあり、ためらったもののここに連れてきてよかったと感じる。

三十分ほどして処置が終わり、額に大きなガーゼを貼った凛がストレッチャーに乗って出てきた。

「縫合処置は終わりました。できるだけ細かく縫いましたので、傷痕は残りにくいはずですが……。ケロイド体質でしょうから、それに対する処置についてはのちほどご説明します。頭を打ったということですので、CTに入ります」

白衣を脱いだ紺のスクラブ姿の陸人さんが、丁寧に説明してくれる。

「ありがとうございました。凛、よく頑張ったね。もうちょっと検査しようね」

凛の手を握って言うと、彼女は涙を流しながらもうなずいた。

「すぐに戻ります。こちらでお待ちください」

看護師に指示をされ、ストレッチャーを見送った。

すべての検査が終わり診断を待っている間、凛は泣き疲れたのか私の腕の中で眠っていた。

小さな額の大きなガーゼが痛々しくて、顔がゆがむ。

もし私のように傷痕が腫れ上がったら……。

凛もつらい人生を歩まなくてはならないのだろうかと絶望的な気持ちになる。

でも、『医学は進歩していますから安心してください』という陸人さんの言葉が頭に浮かび、泣かずに耐えられた。彼を信じたい。

「本宮さん、診察室にお入りください」

「はい」

看護師に呼ばれ、緊張しながら診察室へと足を踏み入れた。

思えば、医師としての陸人さんを見たのは初めてだ。彼はモニターに表示されたCTの映像を真剣にチェックしていた。しばらくして私に視線を移したあと、口を開く。

「脳は異常なさそうです。ただ、脳出血などはじわじわ進行することがありますので、様子がおかしいときはすぐに来院を」

「わかりました」

今のところなんともないようでホッとしたのと同時に、まだこれからだと気持ちを引き締める。

「傷についてですが、ケロイド体質ということで、凛ちゃんは少し注意が必要です。ですが、私が必ずきれいに治してみせます」

陸人さんは私をまっすぐに見つめ、そう言いきった。

ドクターとしてではなく、背中の傷で悩んできた私を知っている陸人さん個人の宣言のような気がして、ドキッとする。

「よろしくお願いします」

私はいまだ目覚めない凛を抱いたまま、深々と頭を下げた。

それから使用する薬剤や治療方針などの説明があり、必死に耳を傾ける。

「さっきの患者さん、バイタルチェックしてきてくれる？」

「わかりました」

それらがひと通り済むと、彼はついていた看護師に指示を出す。看護師が出ていくと、私たち三人だけになった。

「凛ちゃんは……三歳」

陸人さんが次に漏らした言葉に、緊張が走る。

「結婚されてないんですね」

鋭い指摘に目が泳ぐ。苗字が変わっていないので察したのだろう。

きっと彼は凛が自分の子だと気づいている。でも、今さら言うつもりはない。

「ごめん」

「えっ？」

いきなり謝られて、目を見開く。てっきり黙っていなくなったのを責められると思ったのに。

「どうしても見つけられなくて……あきらめそうだった。痛い思いをした凛ちゃんには悪いけど、神さまが俺たちを引き合わせてくれたんじゃないかっ——」

「なにをおっしゃっているのか、わかりません」

それ以上聞いたら泣いてしまいそうで、私は彼の言葉を遮った。

陸人さんが私との再会を望んでいたとわかってうれしいのに、どうしても彼の重荷になりたくないという気持ちが勝ってしまう。陸人さんを愛しているからこそ、彼には私とは関係ない未来を歩んで、本当の幸福をつかんでほしいのだ。

「心春……」

陸人さんの口から漏れた自分の名前に、どうしたって顔がゆがむ。

離れてから、何度彼にそう呼ばれる夢を見たことか。

「失礼します。天沢先生。Ⅲ度熱傷のクランケを受けたのですが状態が悪くて、手が空いたらお願いできませんか？」

先ほどとは違う看護師がやってきて、陸人さんに耳打ちした。

一瞬にして緊張が漂う。

「了解。本宮さんの次回の予約を頼む。主治医は俺がやる」

「わかりました」

夜勤明けだと最初のクリニックの先生が話していたのに、また別の患者さんの治療も担当するんだ。

看護師とのやり取りが済むと、陸人さんは再び私をじっと見つめる。

「本宮さん、これで失礼します。凛ちゃんの傷を治すために、次回も必ず受診してください。約束していただけますか?」

気迫のこもったその言葉に、私はうなずくしかなかった。


凛はすぐに元気を取り戻した。彼女がケロイド体質だとわかっている私はひやひやしているが、本人はケロッとしている。

脳の状態が心配で、三日は仕事を休んでそばにいたが、働かなければ食べていけない。園の先生に凛を託して再び働き始めた。

次の予約は翌週の月曜日の九時半。元気いっぱいの凛を連れて電車を乗り継ぎ、再び野上総合病院を訪れた。

救命救急科では初期治療から集中治療までを担当するのが基本。そのあとはそれぞれの科のドクターに引き継ぐようで、救命救急医が継続して外来患者の主治医をやることはまずないらしい。

ただ、創傷治療で有名な陸人さんの腕を見込んで診察を希望する患者はいて、ときおり診ることもあるのだとか。凛もその枠に入れてもらえたのだ。

救急車が入ったらしく待っていると、十時過ぎに陸人さんが慌てた様子でやってきた。

「本宮さん、お待たせして申し訳ない」

「いえ、とんでもないです」

「凛ちゃん、こんにちは。元気そうだね」

彼はいきなりしゃがみ、凛と視線を合わせて微笑む。

おそらく自分の子だと気づいているであろう彼がなにを考えているのかよくわからない。でも、嫌な顔はされなくてよかった。

「はいっ」

「おー、いい返事。診察室にどうぞ」

促されて彼のあとをついていく。

前回の記憶がよみがえったのか、凛が私の脚にしがみついたのを見て、陸人さんは凛の頭を優しく撫でた。

「先生、怖いよね。今日はチクンとしないから安心して。お母さんにお手々つないでいてもらおうか」

きっと大変な症例を診たあとだろうに、彼は穏やかな表情で話す。

診察室に入り、ベッドに寝かせた凜の手をしっかり握った。彼女の表情は険しい。私も緊張気味だったが、これ以上不安にさせないようにと必死に笑顔を作った。

「ちょっと診せてね。……うん。きれいにくっついてる。糸を取るね」

彼はてきぱきと診察をしていく。そして流れるような動作であっという間に抜糸した。あまりに素早くて拍子抜けしたくらいだ。

「今日も上手だった」と褒められた凜は、抱っこするとギュッと引っついてくる。泣かずによく頑張ったと思う。それも素早い処置のおかげだ。

「順調です。しばらくは、こちらのステロイドテープで様子を見ます。お子さんですのでごく弱いステロイドから始めますが、効果がない場合はもう少し強めのものを使うなど検討しますので、継続して通ってください」

「わかりました」

「心配しないで。必ず治します」

不安が伝わったのだろうか。陸人さんが私の目を見て断言した。

「はい。よろしくお願いします」

「お母さんは大丈夫ですか？」

「えっ……。私、ですか？」

突然私の話になり、首をひねる。

「はい。気を揉んだでしょう？　眠れていますか？　顔色が悪い」

「……私は平気です」

まさか私の心配までされるとは。

「私、周囲の心ない言葉に傷つきながら、泣くのをこらえて必死に前を向こうとしていた人を知っているんです。壊れてしまわないか、ずっと心配でした」

「え……」

まさか、私のこと？

「その方、他人に頼るのが苦手なんですよね。きっと今も大変な生活をしているのに、泣き言ひとつ口にしない。でも、頼られるのを待っている人間もいるんです」

彼は私をまっすぐに見つめて訴えてくる。

離れて四年も経ったのに、陸人さんはいまだに私の一番の理解者で、優しい言葉を投げかけてくれる。

あぁ、こんな彼が好きだったんだと改めて認識した。

でも、これ以上みじめにしないで。あなたはあの事件の償いをしなければと思っているだけでしょう？　同情や責任感だけでそばにいられるのもつらいの。

いつかきっと、陸人さんの一生を私が台無しにしたと後悔する。事件の責任が彼にあるのならまだしも、そうではないのだし。

「そう、ですか」

視線を合わせているのがいたたまれなくなり、うつむいて答えた。

外来が終わり、混雑していた会計を済ませたあと玄関から出ると、ダウンコートを羽織った陸人さんが現れた。

「先生だ！」

そのまま通り過ぎようとしたのに、凛が声をあげる。

「私、今日はこれで帰れるのですが、少しお時間取れませんか？」

いきなりの提案に心臓がドクッと大きな音を立てる。

「いえっ。とんでも――」

「凛ちゃん。お腹空いてない？　先生、朝食べてなくてペコペコなんだけど、一緒にご飯食べに行かない？　ちょっと早いかな？」

断ろうとしたのに、彼は強引に凛に話しかける。

「行く。凛、コロッケがいい。ママのコロッケは甘くておいしいの！」

肉じゃがコロッケのことだ。

「そっか。それ、先生も大好きなんだよ。お母さんのコロッケと同じものを作ってるお店を知ってるんだけど、今日もあるかなぁ」

食彩亭の話？

この病院からなら遠くはないが、重さんたちになにも話していないのに、顔を出したりできない。

「凛。先生はお忙しい――」

「食べる！」

断ろうとしたのに、凛は満面の笑みで誘いに乗ってしまった。

「うん。それじゃあ買いに行こう。本宮さん、俺が買ってくるから心配しないで。いつか一緒に行けるといいけど。行こう、凛ちゃん」

いろいろ察したらしい陸人さんが凛に手を出すと、凛はそれをためらいなく握っている。

「先生、でも……」

私が声をかけると、陸人さんは優しく微笑む。

「今はなにも考えないで、おいしいものを食べて元気になりましょう。お母さんが倒れたら、凛ちゃんが困りますよ。本当は話がしたいです。でも嫌なら、一緒にご飯を食べるだけでいい」

「ですが……奥さまが気になさるのでは？」

吉野さんと結婚したのではないかと思い質問したが、どんな答えが来るのかと緊張で息がまともに吸えない。もう彼を忘れるつもりだったのに、まったく吹っきれていないのだと思い知らされた。

「奥さま？　結婚なんてするわけがない。俺が生涯をともにしたいのはひとりだけ」

彼の言葉に心臓が早鐘を打ち始める。

それは、私のこと？

「だから、そんな心配はいらない。行きましょう」

動揺する私は、陸人さんの誘いにうなずいた。

あの頃と変わらない車に乗り込み、食彩亭へと向かう。近づくにつれ懐かしい景色が目に飛び込んできて、胸がいっぱいだ。

彼は私がいなくなってからも食彩亭に通い続けていたのだろうか。

店の近くに車を停めた陸人さんは、私と凛が座る後部座席に顔を向けて口を開く。

「凛ちゃんはコロッケとなにがいいのかな？」

「凛も行く！」

きっと陸人さんの優しさに気づいている凛は、すっかりなついている様子だ。

「連れていってもいいですか？」

「……はい」

ためらったものの、凛になんと言えばいいのかわからず、ふたりを食彩亭に送り出した。

心配で車から降りて待っていると、「コロッケあった！」と凛が大きな袋を抱えて駆けてきた。

「よかったね」

「ママ、お魚好きなの？　先生がこれがいいって」

凛が袋から出したのは、サバ味噌弁当だ。何度も彼に振る舞ったのを思い出した。

「うん、好きだよ。すみません。お代を……」

「これくらい気にしないで。今日は、こは……お母さんに休んでもらいたいんだ。ね、凛ちゃん」

　心春と言いかけた彼だけど、凛の頭を撫でながら訂正してくれた。

「うん。ママいつもご飯作ってくれてありがと。絵本読んでくれてありがと」

「ママだもの、当然よ」

　凛の言葉がうれしくて、彼女を抱きしめる。

「凛ちゃん、絵本好きなんだね」

「こぐまさんのはちみつケーキが一番好き！」

　私から離れた凛は、陸人さんを見上げて目を輝かせる。すると彼は凛の視線に合わせて腰を折った。

「そうなんだ。……こぐまさんのはちみつケーキは、ふわっふわであっつあつ」

　陸人さんが絵本の冒頭を口にするので驚いた。知っているの？

「先生も好き？」

「一番好きな絵本だよ。一緒だね」

　凛は彼の反応がうれしかったようで、陸人さんの胸に思いきり飛び込んだ。彼は少し驚いた表情を見せたが、すぐに目を細めて強く抱きしめている。

　父と娘の微笑ましい抱擁なのに、私の気持ちは複雑だった。

本当ならこうして三人で生きていきたかった。私はあのとき、選択を間違えたのだろうか。

ううん。陸人さんを縛りたくない。私への償いのために彼の人生があるわけではないのだから。

何度も自分にそう言い聞かせるも、いろんな感情が込み上げてくる。

「お弁当、どこで食べようか。公園はちょっと寒いね」

陸人さんが凛に尋ねた。

「凛のおうち、おいで」

「凛、いけません」

子供の無邪気な提案だとわかっていても、語気が強くなってしまう。

「それはきっと迷惑だから……。そうだ。子ども図書館行ったことある？」

凛は陸人さんの質問に首を傾げた。

「凛ちゃん、絵本好きなら気に入るよ。あそこなら、お弁当を食べられるスペースがある。食べてから絵本読む？」

「うん、読む！」

とにかく絵本が好きな凛は、もう行く気満々だ。

「先生、夜勤だったのでは？　お帰りになってお休みください」

「慣れてるから大丈夫。次の勤務は明日の朝からだし、凛ちゃんと遊んだらたっぷり寝ます。それより、お母さんが休んだほうがいい。育児に休日はないでしょう？」

　たしかに、働きながらの育児は想像を絶する大変さだ。凛の相手も仕事も家事もとなると、休憩時間なんて一分たりともないし、疲れても睡眠時間を十分に確保できないのはあたり前。

　熱を出した凛が痙攣を起こし、死んでしまうのではないかと真っ青になったこともあった。ケロイド体質だと気づいてからは、どれだけ過保護だと言われようがケガをさせまいといつも目を光らせていた。

　ようやく言い聞かせればわかる年頃にはなってきたものの、こうして目の届かないところで傷を負ってしまった。どうしようもないとわかっていても、自分の力不足なのではないかと考えてしまう。

　でも……。

「お休みはありませんけど、凛が私の人生を意味のあるものにしてくれました。しっかり大地に足をつけて歩かなければと私を強くしてくれた。この子を守るためならなんだってできます」

育児に正解などない。だからクタクタになるまで走り、ときには迷い、そして間違えもする。しかし、凛を生んだことに後悔はまったくないし、彼女がいるから私は強く生きていられる。

陸人さんを失ったとき、お腹に宿る凛の命に気づかなければ、きっと私は泣き暮らしていたに違いない。

けれども、そんな暇はないのだ。父親がいなくても、生まれてきて幸せだったと思えるように育てなければ。それがひとりで生むと決めた私の責任でもある。

「そう。強くなったね」

陸人さんは優しく微笑む。

彼はおそらく、背中の傷のせいで息をひそめて、できるだけ目立たないように生きてきた私を知っている。

「でも、今日は俺にも手伝わせて。こう見えて子供は好きなんだ。凛ちゃん、行こう」

彼は少し強引に図書館行きを決め、凛を再び車の後部座席に座らせたので私も隣に乗り込んだ。凛はお腹が空いているようで、弁当の袋を何度も覗き込んでいる。

「なんのお弁当を買っていただいたの？　先生にちゃんとお礼した？」

「したよね。ありがとうございましたって丁寧に言うから、えらいなと思って」

なんだか気まずくて凛を責めるような口調になってしまうと、陸人さんが口を挟んだ。

「うん！　おいなりさんだよ。それでおばちゃんが、凛のこと、先生の子なの？って聞くんだよ」

おばちゃんって、恵子さん？　それで、なんと答えたの？

気がせく私は「凛？」と口にした。

「違うよって言ったよね。かわいいねって褒めてくれたね」

陸人さんの返答に胸を撫で下ろした。

「先生、おばちゃんと仲良しだった」

「いつも行ってるからだよ。あそこに行けば会える気がして」

ハンドルを握る陸人さんは、声色を変えることなく言う。

会えるって、私に……よね。本当にあれからずっと捜していたの？

私に振り回されず彼自身の人生を歩んでほしくて離れたのに、私はまだ陸人さんを縛っているの？

「そっかー」

なにもわかっていない凛の明るい返事に助けられた。

子ども図書館に足を踏み入れると、なんとなく懐かしい気がしてキョロキョロしてしまう。記憶をなくす前に訪れたことがあるのだろうか。

「お弁当、お弁当」

ハイテンションな凛は、小さな手で弁当の袋を持ったまま離さない。

そういえば、仕事の忙しさを言い訳に、弁当を作って凛とお出かけなんて久しくしていないなと反省した。

陸人さんは勝手知ったる場所のようで、飲食が許されている部屋へと誘導してくれた。

丸いテーブルに弁当を置き、三人で「いただきます」と手を合わせる。陸人さんはだし巻きたまご弁当を買ったらしい。

「凛ちゃん、たまご食べる?」

「いいの?」

陸人さんは凛を甘やかす。

「もちろん」

「凛のおいなりさんあげる!」

そもそも凛はあまり人見知りをしないおしゃべりな子なのだが、いつも以上に笑顔が弾けている。すっかり陸人さんに心を許しているようだ。

「ママと同じ味だ」

だし巻きたまごをかじった凛が漏らす。久々の重さんの味だと思うと感慨深い。私もサバ味噌を口に入れた。

「お母さん、料理上手でしょ？」

「うん。すごーい上手。ママ、コロッケも食べたいよー」

弁当とは別に買ってきてくれたコロッケをせがむ凛にそれを渡すと、陸人さんがなんとも言えない柔らかな表情で彼女を見つめていた。

きっと自分の子だと勘づいているだろうに、少しも戸惑う様子がないのに救われる。

「これもママと同じ」

目を弓なりに細めて食べ進む凛を見てうれしくなる。私、重さんの味を再現できているんだ。

食彩亭から離れてもう四年。でも、重さんに教えてもらった味は忘れたくなくて、時間に余裕があるときにはできる限り丁寧な下ごしらえを心がけてきた。

「奥でおじちゃんが作ってるんだよ」

「すごーい。凛のパパも作れるかな?」

思いがけず凛が〝パパ〟と口にするので顔が引きつった。

保育園でほかのクラスメイトにはパパがいると気づいた頃、『凛のパパはどこ?』と聞かれたことがあった。私はとっさに『今は会えないけど、凛のことは大好きだよ』と答えてしまった。

それで納得したのかパパの話をしなくなったが、やはり心の中では気になっているのかもしれない。

「どうかな。パパは料理は苦手かもなぁ」

なにも言えないでいると、陸人さんが代わりに答えた。おそらく彼自身のことなのだろう。やっぱり、凛が自分の子だと確信しているに違いない。

食事が済むと、凛は絵本に一直線。本棚から絵本を取り出し、イスに座って読み始めた。

「心春、少しいい?」

凛のそばに行こうとしたが、陸人さんに引き止められてしまった。さすがに拒否はできずうなずくと、凛から少し離れたイスに促される。

私の隣に腰を下ろした彼は、凛を見つめたまま口を開いた。

「凛ちゃんは、俺の子、だよね」

「……いえ」

彼がすでに確信しているのはわかっているけれど、肯定するわけにはいかない。子供までいると知ったら、責任感の強い彼はますます離れまいとするだろう。

でも、もう間違った罪悪感で悩まないでほしい。彼が、好きだから。苦しいばかりだった私に、自信を持って生きればいいと教えてくれた大切な人だから。

「陸人さんは陸人さんの人生を歩んでください」

次に彼が口にしたのは、マンションに残してきた手紙の言葉だ。一字一句間違っていない。四年も覚えていたなんて。

「あれ、どういう意味なのか今でもわからなくて……」

私のことなんて忘れてほしくて書いたが、ずっと彼を苦しめるくらいならなにも残さず消えたほうがよかった。

「……私に振り回されてほしくなかったんです。ただ、それだけです」

『彼はあなたの一生を背負わないといけないような悪いことをしたの？』という吉野さんの強い言葉が、今でも脳裏に浮かぶ。そして『陸人さんがあなたと結婚するとしたら、贖罪の気持ちだけ。あなたを愛してなんかないの』という発言も。

凛と彼の戯れ（たわむ）を見ていたら、あのときの選択は正しかったのだろうかとも思ったけれど、やはりこれでよかったのだ。

「俺はもっと振り回されたかった。心春に一生、振り回されたかった」

陸人さんは悔しそうに吐き出した。

それはやはり謝罪の気持ちから？　だとしたら、もう楽になってほしい。

「ごめんなさい。私、陸人さんの苦しみなんて全然わかってなくて……」

自分の存在がどれだけ彼を追いつめたのだろうと考えると、いたたまれない。

「俺の苦しみ？　心春と一緒にいる間、苦しみなんてひとつもなかった。心春がいなくなったのが最大の苦しみだ」

唇を噛みしめる彼は、眉をひそめる。

「あんなかわいい娘がいたのに、心春ひとりに苦労させてしまって申し訳ない。もっと早く見つけていれば……」

「違うって言ってるじゃないですか」

泣きそうになるのをこらえて、あえて冷たい言い方をした。

彼は、驚いたような顔をして私を見つめる。

「ごめん。愛想を尽かされたのに、あきらめきれなくて……。未練がましいよな、俺」

違う。今でも私は、あなたのことが……。

でも、その先は言えない。

「心春。もう一度、俺と恋を始めてくれないか？」

「えっ？」

意外すぎる発言に、目を丸くする。

「いけなかったところは全部直す。もし、忙しくて留守にしてばかりなのが嫌だったのなら、救急も外れる」

「やめてください。私はそんなことを望んでません。必死に患者さんの命をつなぎ止める陸人さんが、す……」

『好きだったのに』と言いそうになり、ギリギリのところでとどまった。

「それじゃあ、なにを直せばいい？　教えてくれ、頼む」

こんな懇願、信じられない。私たちのことなんて忘れて、吉野さんと新たな人生を歩いたほうが幸せになれるのに。

「陸人さんに悪いところなんてひとつもありません」

むしろ私は彼に救われたのだ。

「俺はどうしたら……」

「もう私たちのことは放っておいてください。あっ、でも凛の傷だけは……」

「もちろん、治す」

彼は私に真剣な眼差しを注ぎ、即答した。

「だけど、放ってはおけない。凛ちゃんは俺たちの子だから」

背中の傷痕を気にして生きてきた私が、ほかの男性に抱かれるわけがないとわかっているからだろう。どれだけ否定しても彼は主張を曲げない。

どうしたら陸人さんを解放できる？　あの事件を忘れて、自分のための人生を歩かせてあげられるのだろう。

でも……たとえ私に向けられた感情が愛ではなく贖罪だったとしても、凛にとっては父親がいたほうがいい？

私の心は激しく揺れ動いた。

「ママ！」

沈黙が続き、気まずい雰囲気が漂ってきたところで、凛が絵本片手に駆けてきた。

「凛、図書館では静かにしないといけません」

「ごめんなさい」

絵本の好きな彼女が興奮しているのはわかっているが、きちんと言い聞かせておかなければ。世の中には父親がいないからと陰口を叩く人もいる。

「凛ちゃん、謝れて偉いね。今度は気をつけよう」

凛がしょげていると、陸人さんがすかさず助け舟を出す。

きっと、子育てはこうあるべきだ。ひとりが叱ったらひとりがフォローする。でも私は叱ってばかりだ。

「うん」

「それでどうした?」

「ここにもあった!」

陸人さんの質問に、凛は笑顔で手に持っていた絵本を私に見せる。

「こぐまさんだ。本当に好きなのね」

家にもあるのだから、別の絵本を読んだらいいのにと思ったけれど、私もこの本ばかりを繰り返し読んでいた気もする。

「よーし。先生が読んであげよう」

「ほんと?」

「うん。ここおいで」

凛を軽々抱き上げた陸人さんが、自分の膝の上に座らせたので驚いた。

凛はご機嫌で「早く」とせがんでいる。

「それじゃあ、はじまりはじまり」

陸人さんが絵本を開いたとき、ふと思い出した。彼のマンションに初めて行ったとき、『くまがいないかなと、いつも見てる』と言っていた。

もしかして、この絵本と関係がある？　冒頭をすらすら口にしたのもそうだし、窓から遠くの山を見てくまを探す人なんていないだろう。

なにかがつながっているような……。すごく大切なことを忘れている気がするのに、それがなんなのか思い出せない。

それから私は、しばらくふたりの様子を眺めていた。

『凛はあなたの子です』

そう言ってしまえばどれだけ楽か。彼の反応を見ていると、凛のことをかわいがってくれそうだし。

けれども、なにが最善なのかわからず、唇を噛みしめる。

「先生、読むのじょーず！」

「ありがと。凛ちゃんはかわいいなぁ」

「凛。そろそろ帰ろうか。先生、昨日の夜、寝ていらっしゃらないの」

このままでは凛はいつまで経っても帰ると言わない。

「先生、眠くないの？」

陸人さんの膝の上から、凛が振り返って尋ねている。

「凛ちゃんと一緒だと眠くないよ。でも、今日は帰ろうか。お母さんも疲れちゃうしね」

「えー」

案の定、凛は口を尖らせている。

「絵本、好きなんだね。クリスマスに、絵本をプレゼントしたいんだけど、どうかな？」

「いいの？」

「ちょっと、凛！」

そんな、図々しい。でも、凛にしてみれば父親からもらうプレゼントになるのか。

「もちろんいいよ。先生も子供の頃、絵本が大好きだったんだ。たくさん用意しておくから、おでこの治療頑張れるかな？」

「うん！」

「いい子だ」

優しく微笑む陸人さんは、凛の頭をそっと撫でる。

「本宮さん。また会っていただけますか？」

次に陸人さんは私に尋ねる。

「でも……」

「ママぁ。先生に絵本読んでもらいたいよぉ」

陸人さんの膝から飛び降りた凛は、私にしがみついて訴えてくる。

「……先生はご迷惑ではないのですか？」

「まさか。ずっと会える日を待ちわびていたんだ。迷惑なわけがない」

待ちわびていたなんて……。

彼の目は真剣で、愛されていると錯覚してしまいそうになる。

「ママ、ダメ？」

眉間にしわを寄せる凛を見て胸が痛んだ。

凛の願いは叶えてやりたい。いや、本当は私が彼に会いたいんだ。

「わかった。でも先生、患者さんがいっぱいいると、お約束の日に会えないかもしれないよ。それは我慢できる？」

付き合っていた頃、夜中に多重衝突事故があり、どうしても手が足りないと呼び出されて飛んでいったこともあった。大人は理解できても凛にはまだ難しいと思い、あらかじめ伝えた。

「する！　でも違う日に会える？」

凛はおそるおそる陸人さんに質問している。

「もちろん。ありがとね、凛ちゃん。先生、楽しみができたからお仕事頑張れそうだよ」

「頑張れ！」

思いきり上からの凛の応援に、陸人さんは噴き出している。でもその笑顔が弾けていて、これでよかったのかなと感じた。

これは愛だから

　陸人さんと子ども図書館に行ってから、凛は彼に再会できるのを指折り数えている。二十三日の日曜日に会えることになったからだ。

「ねぇ、ママ。あとさんにち」

　保育園への道中で、凛が盛んに話しかけてくる。

「〝みっか〟って言うんだよ」

「間違えたぁ」

　私も戸惑いはあれど、心が浮き立っているのは否定できない。

　図書館に行った日、陸人さんに連絡先を聞かれて、メッセージのIDを伝えた。私たちをアパートまで送ってくれた彼は、アパートの前に車を停めたますぐにメッセージをくれた。

【今日は無理やりごめん。次の約束を凛ちゃんと先にするなんて、ずるいと自覚してる。本当にごめん】

　という、実にストレートな謝罪の言葉が綴られていた。

たしかにずるい誘い方だった。でも、ああして少し強引に誘われなければ、うんとは言わなかっただろう。私の心の中なんて、彼にはお見通しなのかもしれない。

「ママ、元気出た？」

最近凛はそう質問してくる。どうしてだろうと考えたら、陸人さんが『お母さんが休んだほうがいい』と言ったからのような気がしてならない。

「元気だよ。優しいね、凛は」

こういうところが陸人さん似だな、なんて、誰にも言えないことを考えて幸せな気持ちに浸る。

これで十分なのではないだろうか。

「ママが世界で一番優しいよ。先生もそう言ってたもん」

「先生？　ひまわり組の田中先生？」

「ううん。おでこの先生」

陸人さん？　ふたりで弁当を買いに行ったとき、話したのだろうか。

「そうなの？」

「うん。優しくてつよーいんだって」

「そっか……」

強くなったとしたら、凛が生まれてくれたからだ。

「凛、先生好き？」

「うん！　こぐまさん読んでくれるもん！」

好みが同じだと、たしかに親近感が湧く。凛は特にあの絵本に思い入れがある
し……。

「あれっ？」

そんなことを考えていたら、幼い頃、座り込んで絵本を広げている自分の姿が頭を
よぎった。凛と同じくらいの年齢だった気もするけれど、よくわからない。

ただ……隣に誰かいた。その人のほうを向いて私は笑っていた。でも、それが誰な
のかは思い出せない。母だろうか。

「どうしたの？」

「なんでもないよ。あれ、祐くんかな？」

保育園が見えてきたとき、向かい側からクラスメイトの男の子がスーツ姿のお父さ
んと手をつないで歩いてくるのが見えた。

「祐くん！」

彼が大好きな凛は、大声を張りあげて呼んでいる。すると彼が駆け寄ってきた。

「凛ちゃん、行こ」

凛は祐くんが出した手を握り、振り返りもせずに園の中へと駆けていく。

祐くんは、ふざけてぶつかってくる体の大きな男の子から守ってくれたのだそうだ。先生の話では、それからいつもふたりで絵本を読んでいるらしい。

「おはようございます。お預かりします」

先生に挨拶をしたあと、祐くんのお父さんにも頭を下げる。

「いつもご迷惑をおかけしてすみません」

「とんでもない。祐、あまり気の合う友達がいなかったようで保育園に行くのを嫌がってたんですけど、今は『凛ちゃんと遊ぶ！』と元気いっぱいで。助かってます」

そっか。凛は助けられているだけじゃないんだ。

凛と一緒にいると、小さな幸せをたくさん見つけられる。

私は安心して仕事に向かった。

陸人さんと約束した二十三日。凛はなぜか早起きをして、クローゼットから洋服を引っ張り出しては散らかしている。

「凛。お片付けしなさいよ」

朝食にだし巻きたまごを作ったあと、部屋の散らかりように驚いて注意した。

「決まらないんだもん！」

「なにが？」

「服」

陸人さんに会うのにおめかしをしようとしているの？

「なんでもいいと思うけど」

「ダーメ。かわいい凛がいいのー」

まさか、陸人さんにかわいいと言ってもらえたのがうれしかった？

私、またお小言ばかりで、凛のことを褒めてあげられていないかも。

「そっか。ご飯食べてからママと選ぼう。こぼすと汚れちゃう」

「はーい」

機嫌が直った凛と朝食をとったあと、さんざん迷って選んだのは、お気に入りの白いセーターとピンクのふわふわのスカートだ。それに、紺のコートを着せた。

私はいつも通りジーンズをはこうとしたら「ママも！」とスカートを指定されてしまい、結局フレアスカートに。凛を生んでからはズボンばかりで、このスカートは陸人さんとのデートで購入した思い出の品だ。だから戸惑ったものの、凛にグズられて結局は折れた。

約束の十一時少し前に、陸人さんが車で現れた。仕事にはならなかったようだ。

「凛ちゃん、おはよ。今日もかわいいね」

セールで買った服しか着せてあげられない私は決まりが悪いが、ご機嫌な凛は一回転するサービスまでしている。

黒のダウンコートを羽織った陸人さんは、その様子をうれしそうに見ていた。

「おはよう。レストランを予約しようと思ったんだけど、こんな時期だから取れなくて。よければ、俺の家に来ない？」

予想だにしなかった提案に、目をぱちくりする。

「行く！」

凛ははしゃいでいるものの、さすがにそれは……。

「いえっ」

「実はもう料理やケーキを用意してあるんだ。クリスマス会したいと思って」

忙しいのに、そんなことまで？

「ママ、クリスマス会しよ！　ケーキ食べる！」

凛が目を輝かせて私に訴える。

「でも……」

「俺ひとりでは食べきれないからお願いできないかな。今、肉じゃがコロッケも買ってきたんだ」

食彩亭にも行ってくれたの？　前回凛が大喜びして食べていたからだ、きっと。

「それでは、お邪魔させていただきます」

引けなくなった私は承諾した。

とはいえ、陸人さんのマンションに行くなんて、緊張で指先が冷たくなってきた。

凛にせがまれて後部ドアを開けると、赤いチャイルドシートが取り付けられていて目を見開く。

「これ……」

「凛ちゃんの席。これから使ってもらえるとうれしい」

「そんな……」

義務付けられているとはいえ、わざわざ凛のために用意してくれたの？

「凛の？」

「そうだよ。座ってみて」

凛は自分のためのチャイルドシートだと知り、うれしさを隠しきれない様子でぴょんぴょん跳ねている。

妙にかしこまった顔で座った彼女を満足そうに見つめる陸人さんは、「ベルトするぞ」とシートベルトもしてくれた。

「すごーい。ママ、凛のイス！」

「よかったね」

チャイルドシートを嫌がる子もいると聞くが、凛は大はしゃぎしている。特別扱いしてもらえるのがきっとうれしいんだ。

「さぁて、出発」

凛のはしゃぎっぷりに目尻を下げる陸人さんは、運転席に乗り込み発進させた。

懐かしいタワーマンションの地下駐車場で車を降りると、凛は落ち着きをなくしてキョロキョロし始める。こんな大きなマンションに入ったことがないからだ。

「先生のおうち、おっきー！」

「全部が先生のおうちじゃないよ。この中のひとつのお部屋」

陸人さんはおかしそうに肩を震わせて笑っている。子供の発想は奇想天外だ。

「ふーん」

ふたりは仲良く会話をしたあと、自然と手をつなぎ中へと入っていった。
本当の親子みたい。
うしろ姿を見ながらふとそんなふうに思ったけれど、血がつながっているのだから
これが自然なのだろう。
私は、凛から幸せを奪っているのだろうか。
「ママ、早くー！」
エレベーターに乗り込んだ凛がハイテンションで急かすので、慌てて駆け寄った。
四年ぶりの陸人さんの部屋に、緊張を隠せない。
大きなテレビに座り心地のいい白いソファ。当時のままのそれらに懐かしさを感じ
ていたが、ローボードにある本だけが変わっている。あの頃は医学書が並んでいたが、
絵本らしきものが見えた。
「せんせ、すごっ。雪」
窓から見える景色に興奮している凛は、言いたいことがありすぎるらしく文章に
なっていない。
遠くに見える山にうっすらと雪が積もっているのだ。

大喜びで手をぱちぱち叩く凛を軽々抱き上げた陸人さんは窓際に歩み寄り、「こぐまさんいるかな？」と口にした。

やっぱり、あの絵本と彼の言葉は関係あるんだ。

「こぐまさん！　どこ？」

「あはは。いないね」

陸人さんはとても楽しそうに白い歯を見せ、凛に優しい眼差しを送る。

「ご飯食べようか。冷めたから温める？」

凛を下ろした陸人さんが振り返った。

「ごめん。座っててくれればよかったのに」

私が部屋の入口で立ち尽くしていたからか、驚いている。

彼の前から消える日まで、自分の部屋のように過ごさせてもらっていたから、当然座っていると思ったのだろう。

「ありがとうございます。お食事、私が温めます。キッチンお借りしてもいいですか？」

「もちろん」

私は断ってからテーブルにたくさん用意されていた料理を温め始めた。

フライドチキンに、大きなピザ。ミートボールがのったトマトスパゲティ、そしてコーンポタージュスープ。いろんな種類のサンドウィッチもある。

まるで知っていたかのように、凛が好きなものばかりだ。

「凛ちゃん、約束の絵本、用意してあるよ。こっちにおいで」

キッチンに立った私の代わりに凛の子守りをしてくれるようだ。

「はい。メリークリスマス」

凛はきれいにラッピングされた大きな包みを受け取り、「ありがとう」と笑顔を弾けさせている。

そして待ちきれない様子で包装をビリビリと大胆に破った彼女は、新しい絵本を抱えて私のところに駆け寄ってきた。

「ママ、見て」

「たくさんいただいたのね。よかったね」

「うん！」

「凛ちゃん、もうひとつあるよ。おいで」

陸人さんは凛を連れてリビングを出ていき、しばらくすると戻ってきた。凛が抱えているのは、彼女より大きなくまのぬいぐるみだ。

「これもいただいたの？　お気遣いありがとうございます」

以前、おもちゃ屋でくまのぬいぐるみをせがまれたが意外と高価で、経済的に余裕がなくてあきらめてもらった。これはそのときのものよりずっと大きい。

「とんでもない。ちょっと大きすぎたね。凜ちゃんの顔が見えないや」

陸人さんは終始笑顔で、凜のことを歓迎してくれているのが伝わってくる。

それから三人で食卓を囲んだ。私の隣に座った凜は大好きなチキンを口いっぱいに頬張り、ご機嫌だ。

「お母さんも食べて」

「ありがとうございます」

本当なら、こうして三人で幸せな生活を送っていたのかもしれないと思うと、食が進まない。

私は決断を間違えたのだろうか。

でも、ここを去ったときはまだ凜の存在に気づいていなかったし、陸人さんに楽になってもらいたかった。私の傷を治すために医師にまでなった彼を、これ以上苦しめたくなかった。

「ママ、くまさん！」

あれこれ考えていると、視界がにじんできてしまった。すると、陸人さんは私をじっと見つめて小さくうなずく。それが、『もう頑張らなくていいんだよ』と言われているようで涙がこぼれそうになり、やっとのことでこらえた。

料理はあっという間になくなり、幸せなひとときを過ごした。

私がキッチンで後片付けをしている間、陸人さんは凛に絵本を読んでくれている。ローボードの絵本は凛のために用意してくれたようで、凛はそれも熱心に手に取っていた。

「先生もこぐまさん！」

「そう。子供の頃から大好きで、大事にしてるんだ」

「これ読んでー」

新しい絵本がたくさんあるのに、凛はまたこぐまさんのはちみつケーキをせがんでいる。陸人さんは嫌な顔ひとつせず、あぐらをかいた自分の膝にのせて読み始めた。

それから数冊。続けざまに読ませてしまい申し訳ないと思っていると、陸人さんの声が途中でやんだ。視線を送ると、彼にもたれかかっている凛が寝息を立てている。張り切って早起きしたので眠かったようだ。

「すみません」

「しーっ」

慌てて駆け寄ると、彼は口の前に人差し指を立てて私を制し、凛を抱き上げてリビングを出ていく。ついていくと、寝室に運んでベッドに寝かせてくれた。

「かわいい顔して寝てる」

「ご迷惑ばかり――」

その先を言えなかったのは、指で口を押さえられたからだ。

「迷惑なんてひとつもない。すごく楽しいんだ。少し寝かせてあげよう。コーヒー飲まない？」

ふたりきりなのは気まずいけれど、私はうなずいた。

コーヒー豆もカップもあの頃と同じ場所にあり、懐かしさを覚える。陸人さんと一緒にコーヒーを淹れたあと、促されてソファに並んで座った。

「心春が淹れたコーヒーがまた飲めるなんて」

「い、いえっ……」

頬を緩めてコーヒーをのどに送った彼はテーブルにカップを戻す。そして緊張でカップを手にできない私に視線を送った。

「俺、いつも強引だね。でも、こうでもしないと心春は折れてくれない」

「ごめんな……あっ」

いきなり抱き寄せられて体を硬くする。

「ごめん。好きなんだ、心春」

声を絞り出す陸人さんは、私が離れようとしても背中に回した手に力を込めるだけで放してくれない。

彼の『好き』という言葉に、泣きそうになった。

私も、あなたが好き。誰よりも大切な人。けれど、それを明かしてしまったら、彼は私に縛られたまま生きていかなくてはならない。

それに、きっと陸人さんは好きだと勘違いしているだけ。吉野さんが話していた通り、これは私の望む愛じゃない。傷のせいでうまく生きられなくなってしまった私を救わなければと思っているだけだ。

「心春がいなくなって、しばらくなにも手につかなかった。心に穴が開いて、堀田に休養を言い渡されるくらい参ってしまった」

それは、償いの対象を失ったからではないの？

「陸人さんは、私の背中の傷の償いをしたいだけです。でも、もう十分。私のために
お医者さんになって、結婚まで考えて……」

涙声になり続かなくなると、彼はようやく手の力を緩めて私の顔を覗き込んだ。

「心春。思い出した、思い出したの？」

「思い出した、というか……」

吉野さんの辛辣な指摘が頭をよぎり、言葉に詰まる。すると彼は唇を噛みしめて、
首を横に振った。

「違う。そうじゃない」

「えっ？」

「たしかに、医者を目指したのは心春の傷を治したかったからだ。でも、償いがどう
とかじゃなくて……。結婚だって、心春が好きだからプロポーズしたんだ」

彼の言葉がしばらく呑み込めない。

それは本当なの？

彼の言葉がうれしいのに、そのまま受け取れない。

陸人さんは看護師の間で話題だったから食彩亭の常連になったと話していたが、そ
うではない気がする。食彩亭と野上総合病院は、遠くはないけれど気軽に通えるほど

近くもない。病院のそばにはほかにも弁当屋はたくさんあり、救急で時間に追われているる彼がわざわざ買いに来る距離だとは思えないのだ。

食彩亭に通いだしたのが私に会うためだったとしたら、やはり彼の気持ちの根底には罪の意識があるのではないだろうか。

「……心春。記憶、全部戻ったの？」

彼はもう一度聞いてくる。

「いえ。……吉野さんから事件のことを――」

「吉野？」

私の発言を遮った陸人さんは、目を真ん丸にして驚いている。

「吉野になにか言われたのか？」

「……背中の傷が事故のせいではなくて誘拐事件のせいだと。それで私、古い新聞記事を調べて……」

そこまで言うと、彼は再び私を抱きしめた。今度はふわりと優しく。ためらう私に配慮してくれたのかもしれない。

「ごめん。本当にごめん。思い出したくないよな。ずっと忘れてていいんだ」

そんな。吉野さんに誘拐事件が原因でできた傷だと教えられなければ、私は陸人さんの苦しみに気づかず、身勝手に甘えていたはずだ。

「いえ。私、自分だけが苦しいと思って生きてきました。でも、被害者なのに私を傷つけたと罪の意識を背負い続けている陸人さんのほうがつらかったんじゃないかって……」

泣くまいと思っていたのに、頬に涙が伝う。

どのタイミングでどんな道を選択するのが正解だったのか、私にはわからない。

「陸人さんは陸人さんの人生を歩んでくださいって、そういうことだったのか?」

私は彼の腕の中でうなずいた。

「俺はなにも……。つらかったのは心春だ。事件のあと、本宮のご両親から『心春に事件を思い出させたくない。もう会わないでほしい』と言われて、ずっとなにもできなかった。ごめん」

両親に止められていたにもかかわらず、心配し続けてくれていたのだろう。二度と会えない可能性だってあったのに、医師の道を志すなんて。

私が食彩亭に勤めているのも調べたに違いない。客として通い、私の様子をうかがっていたのだ。

「忘れてくれればよかったのに。だって陸人さんだって被害者だったんでしょう?

陸人さんにはなんの落ち度もないじゃないですか」

「忘れられるか！」

突然大きな声を出されて、ビクッとする。すると彼は体を離して私を見つめた。

「びっくりさせてごめん。でも、心春は世界で一番大切な人なんだ。なにがあったって忘れたりしない。それに俺がつらいのは、心春のそばにいられないことだ」

彼は熱く語るが、本当にそうだろうか。ずっと私のために生きてきたから、そう思い込んでいるだけではないの？

わからない。私はどうしたらいい？

吉野さんに『陸人さんがあなたと結婚するとしたら、贖罪の気持ちだけ』と言われたあの瞬間の苦しみがよみがえってきて顔が険しくなる。きっとその通りだと納得してしまったのでなおさらだ。

「陸人さんは、私を好きだと錯覚しているだけではないですか？　自分のせいで私が傷を負ったと思っているから、私を好きにならなければと思ったのでは？　それって、ただの同情ですよ？　愛なんかじゃない」

思いきって切り込むと、彼は苦しげな顔をして頭を抱えた。

「心春の立場だとそう思えるよな。でも……これが本当の愛だと必ずわからせる。だから、もう二度と俺の前からいなくならないで。俺とかかわるのが嫌なら距離はとってもいい。でも、見えるところにいてほしい」

彼は私の腕をつかんで必死に懇願してくる。

信じてもいいの？

混乱する私は、なにも言えなくなった。

気持ちを整えるように深呼吸した陸人さんは、私から手を離して再び口を開いた。

「凛ちゃんがお腹にいるのを知って、姿を消したの？　俺の子、だよね」

凛についてはこれ以上否定できそうにない。彼はカルテに書かれた凛の生年月日を見ているので、逆算すれば交際していた時期に妊娠したとわかっているはずだ。

「勝手なことをしてごめんなさい。離れたときは知らなかったんです。凛がお腹にいるとわかって、これからどうしようと悩みました。でも、生まないと考えたことは一度もなくて……」

愛する人の子を中絶できるはずがない。

正直に伝えると、彼は膝の上の私の手を大きな手で包み込んだ
「生んでくれてありがとう。ありがとう、心春」

彼が声を震わせるので驚いた。相談もせずに凛を生んだが、間違いじゃなかったん

だ。

「病院で心春と凛ちゃんを見たとき衝撃だった。心春はもう、ほかの男と幸せに暮らしているんだと、正直落胆した。でも、冷静に考えたら俺の子じゃないかって。本宮という名字のままだとわかったとき、今度は胸が震えた」

陸人さんの頬に一筋の涙が伝う。泣くところなんて初めて見た。

「ひとりで大変だったよな。仕事もして、育児もして。心春のことだから、凛を一人前に育てないとって、すごく頑張ったんだろうな」

「そんな……。私の力なんて全然足りなくて。凛を叱ってばかりで、かわいそうなことをしてきました」

私も涙をこらえきれなくなり、手で顔を覆った。すると、もう一度優しく抱きしめてくれる。

「かわいそうなんかじゃない。凛ちゃんは、なんだって一番に心春に報告しに行くじゃないか。心春のことが大好きだよ。弁当を選んだときも、自分のより先にママはどれがいいかなぁって。なんて優しい子なんだと感動したくらいだ」

凛が？

「俺……凛ちゃんの父親面したいなんて言わない。でも、俺にも育児を手伝わせてくれないか？」

「えっ？」

「病院の先生としてでいいんだ。心春が望まないなら、父親だとカミングアウトもしない。でも、心春ひとりになにもかも背負わせたくない」

彼のかかわり方を見ていると、凛の父親と名乗り出たいのかもしれないと思っていた。その権利はあるのに、無理強いしないというの？

「陸人さんはそれでいいんですか？」

「もちろん……凛ちゃんの父親として、心春の夫として生きていけたらうれしい。でも、心春と凛ちゃんの気持ちを無視して、自分の希望を押しつけようとは思わない。それに、必ず俺の気持ちが同情なんかじゃないとわかってもらう」

陸人さんの真剣な訴えに心が震える。

彼から離れたのも、凛を生んだのも、全部私の判断だった。彼の未来を思ってのこととはいえ、勝手な行動を叱責されても仕方がないのに全部包み込んでくれる。

けれども、本当にそれでいいのだろうか。

「でも、陸人さんには私に縛られた人生を送ってほしくないんです。陸人さんの人生は陸人さんのものだから」

胸の内を明かすと、彼は手の力を緩めて私の顔をまっすぐに見つめる。

「俺の人生だからそうしたいんだ。心春。お前を愛したのは同情からでも贖罪の気持ちからでもない。だけど、心春がそう感じるならそうじゃないことを証明する。だから、そばにいさせて」

私は彼の強い言葉にうなずいていた。そばにいたいのは私のほうだ。この先、彼以上に愛せる人なんて現れないと断言できる。

「ありがとう。……よかった。この日が来るのをどれだけ待ったか……」

目頭を押さえる陸人さんを見て、その気持ちが嘘ではないとわかった。

でも、ご両親は？

結婚の挨拶に行ったとき眉をひそめた彼の両親は、私の存在を歓迎しないだろう。

それに、吉野さんとの結婚を今でも望まれているんじゃないの？

陸人さんの私への愛が本物だったとしても、私の存在が意図せず彼の両親を苦しめているとしたら、どうしたらいいのかわからない。

「心春、仕事はなにしてるの？」

「食品会社の工場で働いています」

「食品……」

「食彩亭が忘れられなくて。調理にはかかわっていませんけど、そういう業界で働きたかったのかもしれません」

お腹に赤ちゃんがいると知って、職種を選んでいる場合ではなかった。なんでもしてお金を稼いで子供を生み、そして育てなければと、求人情報誌を必死にめくった。そうしたら食品関係の今の会社を見つけ、気づいたら電話をかけていた。小さな子を抱えて働いている社員が多数いたことから、採用してもらえたのだ。

「そっか。心春の料理の腕は重さん仕込みだもんな。でも、凛ちゃんの育児に専念したいというなら、仕事は辞めても構わないよ」

「辞める?」

どういう意味?

「ここに住まないか?」

「……いえっ、そんな」

そこまで甘えるわけにはいかない。彼は私たち親子を養うために存在しているのではない。

「なんて、俺がそうしてほしいだけなんだけど。勝手だな、ごめん。心春とこうして触れ合えるだけでも奇跡なのに」

奇跡と言うほど私を想ってくれていたの？

「とてもありがたい提案ですけど、凛のこともありますので……」

「そうだよな。凛ちゃんだっていきなり環境が変わるのはよくない。ただ、俺はそれでもいい……いや、むしろそうしたいと思ってることだけは心にとどめておいて。そうでないと心春は壊れるまで自分を追い込みそうだから」

昔から変わらない彼の優しさに触れ、心が温かくなる。

「ありがとうございます」

「それと……これも提案だから突っぱねても構わないけど……」

彼は言葉を選びながら再び話し始めた。

「もし仕事を続けるというなら、食彩亭に戻らないか？」

「食彩亭に？」

「俺から離れるために辞めたんだよな。心春がいなくなってから、重さんたちすごく心配してて。俺がふがいないせいで心春は消えたんだと謝りに行ったんだけど……」

まさか、そんなことになっていたとは。

「陸人さんのせいじゃありません」

「いや、心春を幸せにすると約束したのにできなかったんだから当然だ。でも俺は心春を愛していて、いつまでも待つつもりだと話した。そうしたら、いつか必ずふたりで戻ってこいと。心春の手料理が食べられないんだから、せめてうちの弁当で栄養を摂りなさいと食彩亭に通うのも許してくれた」

「重さんが……？」

重さんの心遣いが心に沁みる。突然退職を申し出たときも、理由も聞かずに送り出してくれた。『いつでも待ってるから帰っておいで』と優しい言葉もかけてもらった。今でも心配してくれていると思うと、申し訳ない気持ちでいっぱいになる。

「もし心春が了承してくれるなら、俺が重さんに話してみる。重さんたち、いつかきっと心春が戻ってくると信じて待ってるんだ」

「ほんとに？」

「あぁ。あれからどんなに忙しくても、売り子さんを雇わなかったんだよ。心春が戻ってきたときの居場所を残しておきたいって」

それを聞き、涙腺が完全に崩壊した。

私はどれだけひとりよがりだったのだろう。もちろん、陸人さんの幸せを願って消えたのだが、それほど周りの人たちに心配をかけているとは思いもよらなかった。

「泣かないで。こうして待ちたいと思うのは、心春が魅力的だからなんだ。重さんたちは心春の優しさや真面目さをよく知っているんだよ」

彼は以前にもそう伝えてくれた。だから自分に自信が持てた。そうだとしたらうれしい。

「……私、食彩亭に戻りたい。重さんや恵子さんに謝りたい」

正直に胸の内を明かすと、陸人さんは何度も小さくうなずく。

「心春はなにも悪いことはしてないんだから、謝る必要はない。『ただいま』で大丈夫だ。この前、凛ちゃんを連れていったからなにか察しているかもしれない。重さんたちに、今までの経緯を簡単に話してもいいかな。あのふたりになら打ち明けても問題ないと思うんだ」

重さんや恵子さんが興味本位で首をつっこむわけでも、ペラペラ他人に言いふらすわけでもないと陸人さんもわかっているんだ。

これだけ心配をかけたのだから、話すのが礼儀かもしれない。

「そう、ですね。私が――」

「俺から話させてもらえないか？　心春を追いつめた原因は俺にある。重さんたちにはきちんと筋を通したい」

陸人さんに原因なんてあるはずがない。彼は優しすぎるだけだ。でも、結婚を決めはできない。

たとき、重さんに『心春さんを私にください』と挨拶してくれた彼の気持ちを無下に

「わかりました」

「うん。あとはご両親だけど……」

両親について言及されて緊張が走る。突然いなくなってどれだけやきもきさせたか

自覚しているつもりだ。今さらどんな顔をして会いに行ったらいいのかわからない。

私が眉をひそめたからか、彼は心配そうに顔を覗き込んでくる。

「心春が姿を消したとき、謙一くんと相談をして——」

「兄と？」

思いがけず兄の名が出て目を瞠る。

「実は……心春と付き合う前から、謙一くんとは連絡を取り合っていたんだ。誘拐事

件のあと、本宮のご両親には心春に近づかないでほしいと言われて、会えなくなった。

でも、心春のことがずっと気になっていて……。俺も事件のあとアメリカに渡ってし

まったんだけど、日本に戻ってきて真っ先に心春の実家を覗きに行った」

忘れないでいてくれたんだ。それだけでもうれしい。

「そうしたら謙一くんに見つかって。それから心春の近況をこっそり知らせてくれる

ようになった。心春が食彩亭で働き始めたのも、謙一くんから聞いたんだ」

まさか、兄が？ そんな素振り、まったくなかったのに。いや、私は当時の記憶が消えていたのだから、打ち明けられたところでわからなかったのか。

「お互い忙しくてしばらく連絡を取ってなかったから、心春がひとり暮らしを始めていたとは知らなかったんだけど」

それであの雨の日、車で送ってくれようとした彼にアパートの住所を告げたら、不思議そうな顔をしたんだ。

ということは、ふたりは幼い頃からの付き合いなの？ それにしては実家で顔を合わせたときよそよそしかったが、接触していたことを父や母にカムフラージュするための演技？

「小さい頃から知ってたんですね……」

「そう。あの事件のとき、謙一くんも一緒に遊んでた」

「兄もいたんですか？」

「うん」

知らなかった事実がどんどん明らかになっていく。

「誘拐事件のとき、犯人の狙いが俺だったと明らかになると、本宮のご両親の怒りが俺に向いた。でも、謙一くんが『陸人はなにもしてない』とかばってくれた」

「怒りって……。ごめんなさい」

犯人とはなんら関係のない私が、生死をさまよったうえ大きな傷を負ってしまい、両親がいら立ったのは理解できる。でも、その矛先を幼い陸人さんに向けたなんて……。

「謝らないで。ご両親だって大切な心春を傷つけられて混乱していたんだ。あのときは、皆が冷静さを失っていた」

そうだとしても、陸人さんだってショックだったはずなのに。

「俺も、心春に会わせてもらえないと知ってしばらく泣いたよ。でも、少し成長したら理解できた。俺だって包丁を向けられたあの瞬間を忘れられなくて苦しんだんだ。ケガをした心春に、これ以上つらい思いをさせたくないというご両親の気持ちは、よくわかった」

やはり事件の記憶をなくしたことで、私は平穏に生きてこられたのかもしれない。心療内科の医師も、記憶がないのは自己防衛反応だと話していたし。

「でも、心春と俺が仲がいいのを知っていた謙一くんは、心春について知りたいと言う俺を拒否しなかった」

ふたりがそんなふうに見守ってくれていたとは。

「兄も味方してくれたんですね」

「そう。結婚の挨拶に行ったとき、謙一くんに『あの事件の罪滅ぼしのつもりか？』と聞かれて、違うと話した。必ず幸せにすると約束した」

そういえば、ふたりはなにやら話し込んでいた。あのとき、兄とそんな約束を交わしていたとは。

「だから、心春が姿を消したと謙一くんに連絡をしたら『幸せにするんじゃなかったのか！』と叱られて」

「えっ？」

「でも、すぐに会って相談に乗ってくれたし、一緒に捜してくれた。ご両親に伝えてくれたのも謙一くんだ。謙一くんには心春を見つけたと話してある。もし心春が両親に会うのに勇気がいるなら、先に謙一くんに会わないか？　必ず力になってくれる」

その提案に私はうなずいた。

兄とは特別仲がよかったわけではないけれど、同級生にからかわれるたびに盾になってくれたし、傷のことで落ち込んでいると『お菓子食べるぞ』といつも私の部屋に来てそばにいてくれた。ぶっきらぼうだけど優しい人だ。

両親には会って心配をかけた謝罪をしなければならない。でも、私がひとりで凛を生むと決めたのに、陸人さんへの怒りが大きくなっては困る。兄の力を借りられるならそうしたい。

「私……事件以前のことはどうしても思い出せなくて。陸人さんとの思い出まで……。ごめんなさい」

彼と私の間に、どんな素敵な時間が流れていたのかを思い出したい。けれども、斬りつけられた瞬間以外はなにも浮かばない。

「謝らなくていい。思い出さなくていい。こうしてそばにいてくれるだけで十分だ」

再び私を抱きしめた陸人さんの声が震えている。

もうすべてを彼にゆだねてしまいたいという気持ちがあふれそうになるけれど、本当にそれでいいのか判断がつかない。

「ママー」

「あっ、凛」

そのとき、凛の泣き声が聞こえてきた。目覚めたら見知らぬ場所で驚いたのだろう。

「ママはここよ。今行く」

大声で応えてから頬にこぼれた涙を拭いて寝室に向かった。

ドアを開けると、凛が「ママー」と抱きついてくる。

「怖かったの？　大丈夫。先生のおうちだよ」

膝をついて話しかけると、くまのぬいぐるみを抱いた陸人さんもやってきた。

「凛ちゃん、おはよ。くまさんだよ」

「くまさん！」

凛の機嫌はすぐに直り、陸人さんからくまを受け取っている。

「凛、そろそろ帰ろうか」

「やだ！　まだ遊ぶ。絵本読むの！」

駄々をこねる凛に困ってしまう。

「凛ちゃん、楽しかったならまたおいで」

私の隣にしゃがんだ陸人さんが語りかけると、凛の目が輝いた。

「いいの？」

「いいよ。先生の仕事がお休みの日をお母さんに教えておくから、いつでもおいで。お母さんに鍵を渡しておくね」

「いえっ」

陸人さんはにこやかに言うが、さすがにそこまではできない。

「患者を放っては帰れないから、予定が狂うときもあるんだ。勝手に入って絵本読んでくれていいから。もっとたくさんそろえておくよ」

「ほんと？」

凛はすっかりその気だ。

「ほんと。先生、忙しいと遅くなっちゃうときもあるけど、いいかな？」

「いいよ！　ママと一緒に待ってる」

「ありがと」

うれしそうな凛を前にして、これ以上拒否できない。一旦別の部屋に行った彼から鍵を預かってしまった。

ここを去ったあの日、ポストに入れていった鍵が再び手元に戻ってくるとは思わなかった。

それから陸人さんは私と凛をアパートまで車で送り届けてくれた。

大きなくまを抱える凛は、車を降りてきた陸人さんに「先生またね！」と大きな声で挨拶をしている。

もし彼が父親だと明かしたら、凛はどんな反応をするのだろう。

「凛ちゃん、またね」

腰を折り、凛に挨拶をした陸人さんは次に私と目を合わせた。

「諸々連絡するよ。それまで凛ちゃんをお願いできる？」

「はい、もちろん」

『お願いできる？』なんて言われるとは。凛の存在を完全に受け入れてくれているのだと伝わってくる。

「背中の傷は痛まない？」

「……大丈夫です」

本当は疲れると鈍痛が走る。でも、凛を抱えてギリギリの生活をしていると、痛くてつらいなどと泣き言を言ってはいられない。

「痛いんだね。少し落ち着いたら、心春の傷の治療もさせてほしい」

言い淀んだからか、痛むことに気づかれてしまった。

「ありがとうございます。凛だけで十分――」

「俺は医者だよ。目の前に苦しんでいる患者がいるのに放ってはおけない」

「先生、ママのケガも治せるの？」

私たちの会話が聞こえたらしい凛が口を挟む。

「うん。お母さんが痛いの嫌だよね」

「嫌！　我慢してるのかわいそうだもん」

凛の前ではできるだけ平気な顔をしているつもりだったのに、気づいてたの？

「凛ちゃんは優しいね。先生がきっと治すから。凛ちゃんもテープはがしたらダメだよ。約束」

陸人さんが小指を出すと、凛が指を絡めて口を開いた。

「指切りげんあん、嘘ついたら針千本飲ーます」

「あはは。げんまんだぞ」

陸人さんは笑いながら凛の頭を撫でた。そして「それじゃあ、また」と名残り惜しそうに帰っていった。

「ママ、先生すごーい。おっきいくまさんいるし、ケガも治すって。魔法使いかなぁ」

「魔法使い……。そうね、そうかも」

彼はいつも私に幸せの魔法をかけてくれる。凛の言う通りかもしれないと思った。

同じ未来を歩きたい

　陸人さんとクリスマスを祝ってから三日。夕食の準備を始めた頃、彼から電話が入った。病院の近くにいるようで、救急車のサイレンの音がする。

『今日、食彩亭に行って、重さんに心春を復帰させてほしいと話したんだ。そうしたら涙を流して喜んでくれて』

「ほんとですか？」

『あぁ。ほかのお客さんが来て詳しく話せなかったから、これからもう一回行ってくる。凛ちゃんは元気？』

　わざわざまた足を運んでくれるとは。彼の細やかな気遣いがありがたい。

「はい。保育園ではしゃぎすぎたみたいで、園から帰ってきてすぐにコテッと寝てしまって」

『あはは。目に浮かぶよ』

「くまのぬいぐるみを抱いたまま寝てます。最近は、ぬいぐるみにこぐまさんのはちみつケーキを読んであげたりして」

『かわいいな』

陸人さんの声が柔らかくて、頬が緩む。

『そういえば、謙一くんにも電話で凛ちゃんのことを伝えたんだ。なにも心配いらない。会えるように時間調整してもらうから』

「いろいろありがとうございます」

陸人さんに再会してから、背負っていた荷物が一気に軽くなっていく。

『傷はまだ痛む？』

「今日は大丈夫です」

天気が悪かった昨日も、いつもほど痛まなかった。陸人さんと再び会えるようになって気持ちが高揚しているのかもしれない。

『そう。よかった。お正月も仕事なんだね』

「かき入れどきですから」

通常の弁当だけでなくオードブルも作っているので忙しいのだ。しかも、食彩亭に移ることを見越して退職する予定のため、大変なときに拾ってもらった恩返しはしたくて、年末年始も目いっぱいシフトを入れている。

『無理しないで。俺、二日は休みなんだけど、凛ちゃん預かろうか？』

「いえ、体を休めてください。倒れちゃう」

正月は保育園が閉まってしまうため、凛を認可外の保育所に預けなければならない。だからありがたい申し出だけれど、彼のハードな仕事ぶりを知っているので安易に頼るのはためらわれる。

『育児の一番大変なときを心春に任せてしまったんだ。これくらいやらせてほしい。というか……頼りないかもしれないけど、預かりたい』

そっか。忙しいのに申し訳ないと思ったけれど、彼は凛ともっと触れ合いたいのかも。

「なかなかおてんばですよ？」

『どんとこい』

「それじゃあ、お願いします」

このまま家族として暮らしていければいいのに。

そんな願望が込み上げてくる。でも、私ではなく凛の気持ち、そして陸人さんの将来についてしっかり考えなければ。

『よし。明日の仕事も頑張れそう。重さんのところに行ってくる。また報告するから』

「はい。お願いします」

そこで電話を切ったが、いつまでもスマホを耳に当てていたい気分だった。こうして声だけでも陸人さんとつながれるのがうれしいのだ。

忘れると決意して離れたのに、心はずっと彼を求めていたのかもしれない。

あっという間に正月を迎え、二日。霜が降りるほど寒い朝、陸人さんが凛を迎えに来てくれた。

「先生！」

「おはよ、凛ちゃん」

陸人さんの姿を見つけた凛は駆けていき飛びついている。

「くまも持ってくの？」

「凛のお友達だもん」

自分より大きなぬいぐるみをどうしても持っていくと聞かない。

「そっか。お友達は大切だもんな。先生も凛ちゃんくらいの頃、いつも一緒にいたお友達がいたよ」

それって、私？

陸人さんの話を聞いていると、兄も含めて仲がよかったようだし。でも、思い出せないのがつらい。

「おはようございます。よろしくお願いします。お弁当作ったんですけど、よければ」

今日は食彩亭も休みだし、きっと昼食に悩むと思って慌てて作ったのだけれど、もう準備をしてるだろうか。

「すごく助かる。昼飯だけが心配だったんだよね。でも、かえって大変だったか。ごめん」

「いいえ。料理は好きなので」

そう言うと、彼は「知ってる」と微笑んだ。

「凛。いい子にしててね。先生を困らせちゃダメよ」

「はーい」

私とは違い人見知りをあまりしない子ではあるけれど、こんなに早く心を開いたのは、彼の優しさが伝わっているからだろう。

「凛、陸人さんにすっかりなついたみたいで」

「それはあれだ。プレゼント攻撃が効いただけさ。もっと仲良くなれるように頑張るよ。心春も送るから乗って」

お言葉に甘えた私はチャイルドシートに収まった凛の隣に座り、会社まで送ってもらった。

仕事を終えると、陸人さんのマンションに急いだ。エントランスでチャイムを鳴らすとすぐに陸人さんが対応してくれる。

三十二階にある部屋の前に着いたタイミングでドアが開き、口の前に人差し指を立たせた陸人さんが「しーっ」と言う。

「さっき疲れて寝ちゃったんだ。公園連れていったらはしゃいじゃって。入って」

招き入れられてリビングに向かうと、絵本やおもちゃが散乱していた。

「ごめんなさい。公園まで連れていってもらって、こんな……」

おもちゃも用意してくれたのだろう。

「いや、育児って大変だな。あんな小さいのにいくらでも走り回れるんだから。久しぶりの滑り台、楽しかったよ」

楽しそうに語る彼にホッとした。たしかに一日凛に付き合うとこちらがぐったりするのだが、特に迷惑がってはいないようだ。

「おてんばですよね」

散らばったおもちゃを片づけながら問う。

「うん。意外だった。心春はおとなしかったからな。誰に似たんだろ。俺も引っ込み思案だったんだよ」

陸人さんが？　そんなふうには見えないのに。

「引っ込み思案とは意外です」

「そう？　友達の輪に入れなくて、いつもひとりで絵本を読んでたんだ」

彼も絵本を拾い始めた。

「あっ……」

そのとき、目の前に落ちていた絵本を見て、体にゾワッとした感覚が走り抜ける。

裏表紙をめくった部分に、ぐにゃぐにゃ曲がったとても整っているとは言い難い字で、【りくと　こはる】と記されていたのだ。

表紙を確認すると、こぐまさんのはちみつケーキだった。

「これ……」

記憶の引き出しからなにかが出てきそうで出てこない。

頭に手を持っていくと、陸人さんが隣に来て「大丈夫？」と声をかけてきた。

「あのっ……」

「ちっとも友達ができない俺を心配した母が、キッズステップという幼児教室に連れていってくれたんだ。ところがそこでもひとりで絵本を読んでて……。でも先生が同じように絵本に夢中だった心春を連れてきてくれて、すぐに意気投合し――」

「そうだ……」

先生が読んでくれたこぐまさんのはちみつケーキを気に入って、私も陸人さんもそれぞれ親にねだって買ってもらった。陸人さんがそれを幼児教室に持ってきたとき、先生に『自分のだとわかるように名前書こうね』と促されて、彼に『心春ちゃんも書いて』と言われて署名したんだ。

「思い出したの？」

「少しだけ。陸人さんと一緒に、この絵本読んでた……」

彼に視線を送ると、なんとも言えないようなうれしそうな表情でうなずいている。

「そう。ふたりともこれにはまって、ふわふわのパンケーキが好きになった。おまけに遠くの山を眺めては『こぐまさんどこにいるかなぁ』って。今でも探したくなるよね」

彼が『くまがいないかなと、いつも見てる』と漏らしたのは、やはりこの絵本に関係あったんだ。

「あれっ……」

そのとき、ふと別の光景が頭に浮かんで言葉をなくした。

「どうした？　嫌なことを思い出すのはよくない。もう考えないで」

陸人さんは私の肩に手を置き、心配げに見つめる。

「違う。違うんです……」

「心春？」

「私、陸人さんと……結婚……」

そう言うと、彼は頬を緩めてうなずく。

「うん。指切りしたんだ。大きくなったら結婚しようねって。僕のお嫁さんになってって」

そうだ。しかも一度じゃない。結婚の意味をよく理解していなかったくせに、陸人さんとずっと一緒にいられるのがうれしくて、何度も指切りを繰り返していたような。

「陸人くんって呼んでましたよね」

「懐かしいな。そう呼ばれてた。俺は心春ちゃん、だった。楽しかったなぁ」

長い間鍵がかかって開かなかった引き出しが、少しずつ開いていく。でも全部はまだ思い出せない。

「陸人さんのこと、なんで忘れちゃったんだろう……」

「いいんだ。心春があの事件より前の記憶を失ったのは、自分の心を守るため。過去は思い出せなくても、これから始めればいい」

彼は私の手を握り訴えてくる。

「俺は、心春に世界を広げてもらった。心春に出会う前は気の合う仲間がいなくていつも孤独だったけど、世の中には自分と同じような考えの持ち主がいて、そういう人とのかかわりはとても気持ちがいいものだと知った」

穏やかな顔で語る陸人さんは、私に微笑みかける。

「俺は出会ってからずっと心春に恋をしてるんだ。もちろん、あの頃は結婚の意味もよくわかっていなかったけど、子供ながらに永遠に一緒にいたいと思ってた。そばにいて心春以上に心が安らげる人はいない」

本当に？　自分のせいで私がケガを負ったと思っているからじゃなくて？

「俺の両親は、アメリカと日本で離れていればそのうち忘れると思ったらしいけど、その逆。心春のことばかり考えて、この絵本を読み返してた」

陸人さんは優しい笑みを浮かべて、こぐまさんのはちみつケーキを手にする。

「私、大切な思い出まで忘れてしまっていて、ごめんなさい」

「だから、心春が謝ることなんてひとつもない。俺……あんなに笑顔がかわいかった心春が、あの事件以降笑わなくなってしまったのがつらかった。俺のせいだと悩んだ時期もあった」

「違う！」

気がつけば大声で否定していた。

陸人さんも事件の被害者なのだ。それに、私が笑わなくなったのは、背中の傷を見て陰口を叩きながら離れていった人たちのせい。

「ありがと。心春は俺が『背中の傷の償いをしたいだけ』と話していたけど、その気持ちがまったくないとは言わない。できれば自分の手で心春の傷をきれいにしたいと医者になったのも事実だ。でも……」

彼は私に強い視線を送り、スーッと大きく息を吸う。

「それは全部、心春が好きだから。家族や友人……誰と一緒にいても、心春と過ごした時間のような心地よさは味わえなかった」

傷を知られるのを恐れていた私が陸人さんに心を開けたのは、彼の優しさや誠実さが伝わってきたからだ。けれどもそれ以上に、彼と過ごす時間が心地よかったのは間違いない。

「幼い頃の結婚の約束なんて無効なのはわかってる。だけど、心春が食彩亭で働きだしたと謙一くんから聞いて、すっ飛んでいって……。客と店員としてでもまた話せるようになって、やっぱり俺には心春しかいないと確信した。救急車が何台も入ったあとは、心春に会いたくなるんだ。会計のときの『お疲れさまです』というひと言が、どんなに癒しだったか」

「そんな……」

彼は大げさに話しているだけだろう。でも、勇気を出して声をかけてよかった。

「きっとつらいこともあっただろう。傷だって痛んだはずだ。でも弱音も吐かずに笑顔で接客を続ける心春が、俺にはまぶしかった。自分にできることを少しずつ着実に積み重ねる。そういう地道な努力は目立たないけど、生きていくのには重要なことだ。重さんたちが心春をかわいがるのは、きっと心春がその努力を怠らないからだと思う」

努力もなにも、周囲に甘えて生きてきた自分から脱皮したかっただけだ。

「謙一くんも言ってた。心春は本当にすごい妹だって。つらいときは頼ればいいのに、自分で踏ん張ろうとする。そんなの見てたら守ってやらなきゃと思うって」

「兄が？」

兄がそんなふうに見守ってくれていたとは。

「うん。でも俺も同じ。心春を守るのは俺でありたい。いや……つらいときは俺の腕の中で泣いてほしい。もう全部荷物を下ろして、甘えてくれないか？」

「陸人さん……」

たちまち視界がにじんできて、頬に涙が伝う。

つらかった、苦しかった、寂しかった、と叫んでしまいたい衝動に駆られる。

「心春。俺にそばにいさせてくれ。罪滅ぼしじゃなくて、愛させてくれ」

彼は私をまっすぐに見つめて強く訴えてくる。

もういいのかな。ひとりで頑張らなくても、許されるのかな。

「でも、陸人さんは本当にそれでいいんですか？　吉野さんは？」

ずっと引っかかっていた吉野さんについて口に出した。

家族ぐるみの付き合いがあり、なおかつ彼と同じお医者さま。なにより、なんのしがらみもない彼女との結婚を彼の両親は望んでいるのではないだろうか。その気持ちが痛いほどわかるだけに、簡単にはうなずけない。

「吉野は幼い頃からよく知った仲だ。ただ、特に仲がよかったというわけじゃなくて、親同士が顔を合わせるときに一緒に遊んでたというだけ。それが、同じ病院で働くようになって、付き合えだの結婚しろだのという話が持ち上がるようになった。俺の心の中に心春がいることに、父や母が気づいてたからなんだろうけど……」

そうか。彼の両親はやはり私との関係を絶ってほしかったんだ。でも、そう考えるのも理解できる。大切な息子が一生罪の意識にさいなまれながら生きていくなんてつらいに決まっているから。

「だけど俺は、付き合えないとはっきり伝えてある。心春以外の女と関係を持ちたいとは思わない」

彼がきっぱり言うのを聞いて、ひどく安心した。

「私……。あの……」

思いきって口を開くと、うなずきながら真剣に耳を傾けてくれる。しかし緊張しすぎて続かなくなってしまった。

「心春。なんでも言って。俺は心春の全部を受け止めたい」

彼は私の肩に手を置き、真摯な視線を送ってくる。

もう、甘えてしまいたい。大好きな陸人さんと、同じ未来を歩きたい。

「わ、私……。陸人さんが……好き。凛と一緒に三人で生きて――」

その先を言えなかったのは、彼に抱きしめられたからだ。

「俺も。俺も心春が好きだ。凛ちゃんをここまで大きくしてくれてありがとう。ふたりとも俺が必ず幸せにする。だから、もう離れないで」

「……はい」

きっと私たちが乗り越えなければならないハードルはまだたくさんある。けれど、彼の手を離さずついていけば、凛も私も幸せになれる。そう確信した。

陸人さんは背中に回した手の力を緩めて、私の顔を覗き込んでくる。そして涙で濡れた頬を拭ってくれた。

「初恋が実るなんて、俺は最高の幸せ者だ」

「そんな……」

私だって、まさか幼い頃の約束が叶うなんて信じられない。しかも、私はずっと忘れていたというのに、想い続けてもらえていたなんて感無量だ。

「ずっと大切にする」

そうささやいた彼は、私の頬を両手で包み込み熱い唇を重ねた。久しぶりの情熱的なキスは、私の心もとろとろに溶かしていく。

「よかった。心春をあきらめないで、本当に」

切なげに吐き出す彼は、私の頭を抱えるようにして強く抱きしめてくる。私も彼にしがみつき、幸せの余韻に浸った。

それから私たちは、抱き合ったまま言葉を交わさなかった。いや、いろんな感情があふれてきて、とても言葉では言い表せなかったのだ。ただこうして触れているだけで、心が満たされた。

しばらくして離れると、陸人さんが妙に照れくさそうな顔をしているので、私も目が泳いでしまう。まるで初めて想いが通じたときのようで、なんとなくきまりが悪いのだ。

「えーっと、片づけの続きしようか」

「そうですね」

私たちは片づけを再開した。

「こんなにおもちゃを買ってくれたんですね」

「なにがいいのかわからなくて。でも着せ替え人形より、ままごとセットが気に入ったみたい。心春の血を引いてるな」

部屋の片隅に、立派な木製のミニキッチンが置いてある。

「簡単な調理を手伝ってもらうんですよね。ゆで卵の皮むきとか、レタスをちぎったりとか。あとはおにぎりも作ってくれるかな。指の形がばっちりついてるんですけど」

ねんど遊びの延長線上という感じではあるけれど、興味を持つのは悪いことじゃない。できる範囲でやらせている。

「今度作ってもらおう。そういえば、弁当ありがとう。すごくうまかった。凛ちゃんが『ママのご飯は全部おいしいの』って自慢げに話しながら、ブロッコリーくれた」

「あはは。ブロッコリー苦手なんです」

「大人の味だもんな」

またこうして笑い合いながら話ができるのがうれしい。

「心春。前にも言ったけど、ここに住まないか？」

絵本を手にした陸人さんが問いかけてくる。

「凛がどう思うか……」

「そうだよな。俺たちの気持ちより凛ちゃんだ。急に父親だと言っても混乱させるだけだ。もっと仲良くなってから、いつか自然な形で父親になれれば……。ただ、一緒に住めば協力して育児ができる。家賃もいらなくなるし」

家賃が浮くのはありがたい。今の仕事ではギリギリの生活だからだ。凛が大きくなれば、もっとお金はかかるだろうし。

「もちろん、今のままでも生活費は渡す」

「いえっ、そんな」

「俺は凛ちゃんの父親だよ。当然だ。だけど、一緒に暮らせたら幸せだな」

彼の気持ちがうれしい。なにも告げずに凛を生んだのに、こんなに歓迎してくれる。

「そう、ですね……」

「凛ちゃんに話してみてもいいかな。絶対に無理強いはしないから」

「わかりました」

陸人さんになついているように見える凛だけど、一緒に生活となるとどう感じるかはわからない。彼女にとって陸人さんは、ケガを治療してくれた優しい先生ではあるが、いわば赤の他人なのだ。

片づけ終わりコーヒーを淹れ直していると、寝室から凛の声がする。「俺が」と陸人さんが迎えに行ってくれた。

彼に抱かれてリビングに戻ってきた凛は、私を見ると「ママ！」と笑みを浮かべる。

「ただいま。たくさん遊んでもらったのね」

「うん。先生滑り台下手くそなの。止まっちゃうんだよ」

陸人さんから凛を受け取ると、目を輝かせて報告を始めた。よほど楽しかったのだろう。

「先生、お尻が大きいからはまっちゃうんだよ」

凛の頭を撫でる陸人さんの視線が優しくて、私も自然と笑顔になる。

「おもちゃもいっぱい買ってもらって、ありがとうした？」

「した！」

凛は答えながら私の首にしがみついてくる。園から帰ったあとはいつも、しばらくくっついて離れないのだ。やっぱり寂しいのかもしれない。

「凛の包丁あるの」

「見たよ。よかったね」

キッチンセットについていたおもちゃの包丁のことだ。

「猫の手教えてあげたんだよ」

凛は振り返って陸人さんを見る。

「凛ちゃん、料理が上手になりそうだね。いつか先生にも食べさせてほしいな」

「いいよ！」

「凛。今日はもう遅いから帰りましょう」

興奮気味の凛に声をかけると、たちまちぷーっと頬を膨らませる。

「凛、まだ遊んでるの」

「でもね、先生はお仕事忙しいからねんねしないと大変なの」

説得を始めたものの、彼女は険しい顔だ。

「凛ちゃん。もし凛ちゃんがよければだけど……」

陸人さんは凛に微笑みかけてから話し始める。

「お母さんと一緒に、ここに住まない？」

「先生のおうち？」

「そう。先生、お仕事が夜のときもあるし、一日いないときもあるんだけど、お母さんと一緒に遊んでてくれていいから。先生がお休みのときは、一緒に公園行こう」

凛は陸人さんの言葉に即座には反応せず黙り込む。嫌なのだろうか。

陸人さんの顔に緊張が走り、私の心臓も大きく打ち始めた。

「先生、夜もお仕事あるの？」

「そうだよ。病気やケガはいつ起こるかわからないからね」

「そっかぁ。それじゃあ、ママと一緒にお留守番してる」

それって……。

「凛ちゃん、先生と一緒に住んでくれる？」

もう一度陸人さんが問いかけると、凛はニッと笑う。

「いいよ。凛、先生好きだもん」

凛がそう答えた瞬間、陸人さんの目が弓なりになる。

「凛、ありがとう」

彼女の選択がうれしくてギュッと抱きしめると「痛いよぉ」と叱られてしまった。

正月の慌ただしい日々があっという間に去り、十日で食品会社を退職させてもらった。食彩亭にも挨拶に行かなければと思っているが、その前の金曜日に、休日出勤の代休を取ったという兄と会うことに決まった。

凛を園に預けて、約束の十一時少し前に、兄に指定された『エール・ダンジュ』という洋菓子店に向かう。私はここのケーキが大好きなのだ。兄が覚えていてくれたとは。

緊張しながら店の前に立つと「よぉ」とうしろから声をかけられて振り返った。

「お兄ちゃん……」

「元気そうでよかった。お前、感謝しろよ。俺、甘いもの得意じゃないのにお前に合わせてやったんだぞ」

雑に背中をトンと押されて店内に促される。ずっと音信不通だったのにもかかわらず、以前と同じような態度で接してくれるのがありがたい。

窓際の席に案内され、私は紅茶とフルーツタルト、兄はコーヒーとチーズケーキを注文したあと、私は口を開いた。

「……心配かけてごめんなさい」

「まったくだ。けど、陸人が絶対に叱るなって言うから勘弁してやる」

陸人さんが？

「陸人、お前には激甘だな。ここのケーキより甘い」

兄がそんなふうに言うので、緊張がほどけてきた。

「お兄ちゃんと陸人さんが、仲がよかったなんて知らなかった」

「しつこいんだよ、アイツ。頭の中、心春のことしかないバカだと思ってたら、医学部に現役合格するし救急医なんてやってるし、俺より賢かった」

乾いた笑みを漏らす兄だけど、遠回しに陸人さんを褒めているようだ。

「子供、いるんだって？」

「……うん。黙って消えてごめんなさい」

兄にも両親にも謝らなければならないことばかりだ。でも、あのときは陸人さんから離れなければ彼が幸せになれないと思った。

「陸人からいろいろ聞いてる。お前、優しすぎるんだよ。苦労してきたんだから、アイツに全部背負わせればいいのに」

兄がそう言い捨てたとき、ケーキと飲み物が運ばれてきて、一旦会話が止まった。

自身も誘拐されそうになった陸人さんに、そんなことはさせられない。ケガをしたのが私だっただけで、彼もずっと苦しんできたのだから。

「そんなことできない」

「うーん。まあ、そうだろうな。でも、陸人の覚悟は生半可なものじゃないから」

「えっ？」

「あぁ、覚悟って、ケガをしたお前を背負う覚悟じゃなくて、お前を一生好きでいる覚悟のほうだ。って、兄貴に恥ずかしいこと言わせんな」

自分で口にしておいて耳を赤くしている。

「とにかく、食え」

照れくさいのか、兄は私にケーキを勧めた。

甘さ控えめでしっかりフルーツの味が楽しめるこのタルトは、どれだけでも食べられそうなおいしさだ。

「心春もわかってるんだろ？　陸人の気持ち」

「……うん。あちらのご両親が私との結婚を望んでないことも」

正直に打ち明けると、兄はチーズケーキを切ろうとしていたフォークを置いてしまった。

「ご両親の気持ちもわかるだけに、か。陸人、ほかに縁談があるんだって？」

そこまで知っているのか。

「うん」

「でも、陸人はお前との未来を望んでるんだから、気にすることはない。男心を知らないようだから教えてやると、好きでもない女と一生一緒には暮らせない。お前は自分がそばにいると陸人が不幸になると思ってるようだが、逆だ。離れたら陸人の人生はめちゃくちゃになる」

最後に「心春のどこがそんなにいいか、さっぱりわからん」と付け足した兄は、今度こそ大きく切ったケーキを口に放り込んだ。

私、陸人さんの未来を潰さないために離れる決意をしたけれど、もし兄の言う通りだとしたら……堂々と陸人さんのそばにいてもいいのかな。

「そっか」

「そう。難しいこと考えるな。あとは親父とお袋だ。心春が見つかったことは話してある。もちろん陸人にはご立腹だけど、今日、謝りに行ってるはずだから」

「謝りに⁉」

兄の爆弾発言に驚き、立ち上がってしまった。

両親の怒りの矛先が陸人さんに向かないように兄に間を取り持ってもらうつもりだったのに、まさか陸人さんが行動を起こすなんて。こんなことなら、私が先に会いに行けばよかった。

「落ち着け」

「陸人さんはなにも悪くないの。私が勝手に消えただけ」

「わかってるから、座れ」

兄は周囲の人に小さく頭を下げて私を座らせた。でも、ケーキを食べている場合じゃない。

「経緯は全部俺から伝えてある。親父やお袋も、心春の気持ちは理解したはずだ。もちろん、陸人のせいで心春が失踪したわけじゃないこともわかってる。でも、一回、雷落とさせてやれよ」

「どういう意味？」

「大事な娘がひとりで子供生んで苦労して……。それが陸人のせいじゃなくても、どこかに怒りをぶつけないとやってられないんだよ。陸人もわかってて、叱られに行ったんだ。これから心春と生きていくために」

そんな……。

衝撃で言葉をなくしていると、兄が続ける。

「月並みな言い方だけど、お前、愛されてるな。結婚の挨拶に来たとき、罪滅ぼしの気持ちだけで心春と結婚しようとしているならやめてほしいとアイツに言ったんだ。でも、『そんなわけがない。謙一くんが一番よくわかってるはずだ』って。まあ、その通りだよ」

コーヒーをのどに送った兄は、私をじっと見つめる。

「陸人以上に心春を愛せる男はいない。心春、自信を持ってアイツの胸に飛び込め。俺が保証する」

「お兄ちゃん……」

「親父とお袋に孫は会わせろよ。会いたくてうずうずしてるから。ひとりでよく頑張ったな」

どちらかというといつもツンツンしていた兄からの優しいねぎらいが、私の心を温めてくれる。

陸人さんのもとを離れてから苦労の連続だった。けれども、こんな未来が待っていたなら、それらの苦労ですら幸福をつかむための試練だったんだと思える。

目頭が熱くなりそっと手で押さえると、ハンカチが飛んできた。

「俺も一緒に行ってやるから、そのときに洗って返せ。まずは陸人をねぎらってやれ。アイツ、お前がいなくなってほんとボロボロだったんだぞ。でも必ず見つけるって、忙しいのに捜しまわって。見つかったときは俺の前で男泣きしやがった」

陸人さんが？

「おぉ、噂をすれば」

兄が店の入口に視線を送るので私も顔を向けると、そこにはスーツ姿の陸人さんがいる。

「ここにいるって言っておいたんだ。伝票は陸人に渡しとけ。心春、幸せになれよ」

兄は私の頭をグシャグシャッと撫でてから立ち上がり、陸人さんのほうに歩いていく。そしてなにやら言葉を交わすと出ていった。

「心春」

優しい声で私の名を口にした陸人さんが近づいてくる。その表情は晴れやかで、とても叱られてきたようには見えない。

「陸人さん、実家に行ってくださったんですか？」

立ち上がって尋ねると「俺もケーキ食べようかな」と、私を座らせる。

すぐにメニューをめくって店員さんを呼び、「ガトーショコラと紅茶を。彼女にも紅茶のお替わりを」と注文した。

「謙一くんから聞いたの？」

「はい。叱られに行ったたって」

私は焦っているのに、彼は終始穏やかだ。

「そんな大げさな。まあ、怒ってはいらっしゃった」

きっと罵倒(ばとう)されただろうに悠然と語る彼が信じられなくて、瞬きを繰り返す。

「でも、幸せな時間だった」

「幸せ？」

叱られたんでしょ？ どうして？

「あぁ。心春を守るためになにかできたのがうれしくて」

「陸人さん……」

「それに、心春を心配するご両親の優しさに触れられた。俺、もう一度お願いしてきたんだ。今度こそ心春を幸せにする。この命に替えても守り通す。だから、結婚させてほしいって。……勝手にごめん。結婚とまでは言うつもりはなかったんだけど、気がつけば口走ってた」

兄のハンカチを握りしめ、泣くのを必死にこらえる。もちろん、感激の涙だ。

凛の気持ちとか、吉野さんとの関係とか、彼の両親の反対とか……まだクリアにしなければならない問題はたくさんあるけれど、やっぱり私は彼についていきたい。

『陸人以上に心春を愛せる男はいない』という兄の言葉はきっと正しい。そして私も、世界で一番陸人さんを好きな自信がある。

「うれしい」

私がそう漏らすと、彼は目を見開く。

「ほんと、に？」

「本当です。勝手なことばかりして、陸人さんの妻としてふさわしいとは言えないで――」

「俺の妻は心春だけだ」

テーブルの上の私の手を握った彼に熱く訴えられて、胸がいっぱいになる。

「はい」

「幸せになろうな。三人で、必ず」

大きくうなずくと、彼は白い歯を見せた。

それからガトーショコラを少し分けてもらい、おいしいケーキを満喫して大満足。

思えば、陸人さんのもとを去ってから、ずっと気を張った生活を送っていて、こんなに穏やかな時間が流れたのは久しぶりだ。

「ご両親、心春と凛ちゃんに会いたがってる。緊張するかもしれないけど一緒に――」

「会いに行きます。でも、兄が同行してくれると言っているので、とりあえず私が凛を連れていってもいいですか？」

陸人さんを伴ったら、両親の怒りをまた彼に背負わせてしまう。黙っていなくなったのは私が悪いのだから、私がきちんと謝罪したい。

「そっか。でも……」

「私も陸人さんと一緒に生きていきたいんです。ちゃんと叱られて、いちから始めたい。恥ずかしいから叱られるところは見ないでください」

そんなふうに伝えると、彼は口の端を上げる。

「ありがとう、心春。もうこれ以上惚れさせるなよ」

彼の言葉が照れくさくて、目が泳いでしまった。

「凛ちゃんのお迎えは何時？」

「五時半くらいまでに行けば大丈夫です」

「それじゃあ、俺のマンションに行っていい？　お迎えの前に、ふたりで食彩亭にも挨拶に行こう。重さん、心春に会えるのすごく楽しみにしてる」

重さんたちに会えるんだ。心配かけたことをきちんと謝らなければ。

「はい。陸人さん、お仕事は？」

「夕方からオンコールで、明日は朝から」

オンコールとは病院から連絡があったらすぐに駆けつけられるように待機することだ。

「忙しいですね」

「野上はいいほうだよ。救急はどうしても勤務が過酷になるから、医者の数もそれなりに確保してもらってる。俺たちも休息を取らないと判断力が鈍るから」

「それなのに、私たちが転がり込んだら……」

私はまだしも、凛はまだ陸人さんの仕事の大変さを理解できないだろう。

「バカだな。心春や凛ちゃんがいてくれたら、すごく癒されるんだ。病院ではつらい場面にも立ち会わないといけないから、体より心が疲れるときもあるんだよ。そんなとき、ふたりにいてもらいたい。それに、凛ちゃんがどんなに騒いでも寝るときは寝させてもらうから。救急医の特技なんだ、それ」

彼がおどけて言うので頬が緩む。

「凛も寝つきが悪いくせに、朝はどれだけつついても起きないんですよね。陸人さんに似たのかな？」

「そうかも」

これから凛も、陸人さんの愛をいっぱい感じながら生きていってほしい。

マンションに到着すると、昼食の準備を始めた。途中で食べて帰ろうと提案されたけれど、ケーキでお腹が膨れているし、久しぶりに温かい手料理を振る舞いたかったのだ。

「やっぱり心春の料理は格別だ」

「こんな簡単なものですみません」

軽めにピリ辛の坦々うどんをこしらえただけなのに、あまり褒められるとくすぐったい。

「食彩亭がなかったら、俺、栄養偏りまくってただろうな。でも、これからは体調管理を心春に任せようかな」

「もちろん」

陸人さんのためにできることがあるなら、なんでもやる。

食事を終えると、彼は片づけを手伝ってくれた。

コーヒーを淹れて、少し休憩だ。ソファにふたり並んで座った。

「凛がいないのが不思議です」

彼女が保育園の間は、私はいつも仕事だったし。

「そうだよな。食彩亭はフルタイムじゃなくて昼の忙しい時間帯の勤務だけにしてもらおうと思ってるんだけど、どう？」

「早くお迎えに行けるから、凛のためにはそうしたほうがいいですけど、わがままじゃないでしょうか？」

出戻る上、勤務時間まで減らしてもらうなんて。

「まさか。心春をあんまり働かせるなって、重さんに言われてるんだよね。心春はひとりで頑張ってきたんだから、お前が働けって叱られた」

「えっ？」

「皆、心春の味方なんだ。それも、心春が真面目に生きてきたからだ。応援したくなるんだよ」

だからといって、陸人さんが叱られるのはおかしいけれど、重さんの優しさなのだろう。

「陸人さん、叱られてばかりですね」

「いいんだよ。うれしいんだから」

「うれしい？」

彼はコーヒーカップをテーブルに置き、私に熱い眼差しを注ぐ。

「心春がこうしてそばにいてくれるなら、叱られるなんて大したことじゃない。むしろ、心春のパートナーとして認めてもらえた気がしてうれしいんだ」

「……ありがとうございます」

少し照れくさくなってうつむくと、彼は私の手からカップを奪い、それもテーブルに置いた。

「なにがあっても守るから、ずっと一緒にいてほしい」

改めてのプロポーズのような言葉に胸が熱くなる。

「はい。ずっと一緒に」

そう言い終わった瞬間、唇が重なった。

私が隣にいては、陸人さんは自分の人生を犠牲にしてしまうのではないかと心配だった。けれど、もう離れるなんて無理だ。私に向けられた愛がたしかに存在するとわかったから。

「あっ……」

そのままソファに押し倒されて声が漏れてしまう。

「抱いてもいい？」

艶やかな瞳で見つめられると、心臓がドクンと大きな音を立てる。

「……はい」

承諾するとすぐさま再び唇が落とされた。

角度を変えて何度もつながり、そのうち彼の舌が私の唇を割って入ってくる。

「ん……」

互いの舌が激しく絡まる情熱的なキスは、私の体を火照らせた。

「俺、幸せすぎて泣きそう」

「そんな」

一旦離れた彼は、切なげな表情で私を見下ろす。

「傷は痛まない？」

「大丈夫」

だから、早く……早く私を貫いて。

こんなはしたない感情が自分にあるとはびっくりだったが、彼を求める気持ちが止まらない。

「優しくできなかったらごめん」

陸人さんは私の額に唇を押しつけたあと抱き上げ、寝室に向かった。

大きなベッドに私を下ろした彼は、シャツのボタンを外しながら、覆いかぶさってくる。ギシッと音を立てて沈むマットが私の緊張を煽った。

「愛してる、心春」

彼は愛をささやき、私をじっと見つめて動かない。

「好きすぎて、お前を壊してしまいそうだ」

「……壊して」

粉々に壊して、あなたの一部にしてほしい。そんな感情があふれてくるほど彼が欲しい。

「心春」

唇をつなげてスカートをたくし上げた陸人さんは、骨ばった大きな手を太ももに滑らせた。

「あぁ……っ」

初めて抱かれたときのように緊張しているのに、少し触れられるだけで甘い声が漏れてしまう。陸人さんに教え込まれた女としての悦びが、よみがえってくるのだ。

「好きだ」

心の底から振り絞ったというような彼の告白に、胸がしびれる。

もう陸人さんと一緒に生きていくのは無理だと思っていた。彼を苦しめたくないと随分悩んだ。

凛から父親を奪ってしまった罪悪感にさいなまれて、ひとりでふたり分の愛情を傾けなければと必死に走ってきた。

自分で選択した道なのだから弱音は吐けないと歯を食いしばる毎日は、つらくなかったわけじゃない。凛に隠れて泣いたことも数知れず、そのたびに自分を奮い立たせてなんとか今日まで生きてきた。

その苦労がすべて報われた気分だ。

「陸人、さん……私も」

世界でたったひとり愛する男性に気持ちを打ち明けられる喜びは、なににも代えがたい。

「もう離さない。お前は俺だけの女だ」

彼はそう言うと、私を翻弄し始めた。

「あぁ……んっ、あん……」

熱を帯びた舌が全身を這い、私の甘い声を誘う。

恥ずかしいのにやめてほしくない。彼と一緒に溶けてしまいたい。そんな感情が込み上げてくる。

私の胸を揉みしだきキスを続ける陸人さんに夢中になり、ひたすら髪を振り乱して悶えた。

「んあっ」

やがてはち切れそうな怒張が中に入ってくると、体が勝手に跳ねる。

「はー、まずい。止まらない」

情欲をまとった瞳で私を縛り、悩ましげに吐き出した彼は、激しく腰を打ちつけてくる。しかし、しばらくすると私を抱きしめて動かなくなった。

「陸人、さん？」

「心春ばかりに苦労させたかと思うと、情けない。一生守ると決めてたのに」

「私が勝手に出ていっただけですから」

彼はずっと全力で愛を示してくれていた。だからこそ、離れなければと思ったのだ。

私も陸人さんを幸せにしたかった。

「お前を不安にさせた俺が悪い」

「ううん」

陸人さんはいつだって私の気持ちを優先してくれていたのだ。誘拐事件の記憶を思い出さないように、細心の注意を払って。だからこそ口にできない言葉もあったはず。

「ごめんな。でも、心春も凛も、俺が必ず幸せにしてみせる」

「あっ……」

その瞬間、思いきり奥まで突かれて声が漏れた。

ずっと『凛ちゃん』と呼んでいた彼が『凛』と呼び捨てするのを聞き、視界がにじんでくる。父親なのだからそれが自然だ。凛が許してくれれば、三人で家族として生きていきたい。

つながったまま私を抱き上げた彼は、もう一度深い口づけを落とす。そして背中の傷にそっと触れてから、私を強く抱きしめた。

「この傷も、俺に治療させてくれないか？　お前の体も心も俺が治したい」

「はい」

かえってひどくなるかもしれないと言われて踏み切れなかった治療も、彼にならゆだねてもいい。

私の頬を両手で包み込んだ陸人さんは、強い視線を送ってくる。

「心春、俺を幸せにしてくれてありがとう」

「えっ？」

「幼い頃、心春に出会えて俺の世界は変わった。再会したあとも、前を向いて生きるお前に感化されて、苦しいことも乗り越えてこられた」

ううん、違うよ。私があなたに救われたの。

この傷を醜いと陰口を叩く人はたくさんいる。でも、それより私自身を見てくれる人がいるのだとわかった今、もし傷がきれいに治らなくても堂々と胸を張って生きていける。

「ゆっくりでいい。一緒に進もう」

「……はい」

優しい言葉に感極まってしまい涙を流すと、彼はまぶたにキスをする。そしてもう一度私を寝かせて律動を始めた。

「あぁ、陸人、さん……」

ゆっくりではあるが深いところをえぐるような腰の動きに悶え、彼のたくましい腕をつかむ。

「あー、もう……」

彼は悩ましげに顔をゆがめ、やがて果てた。


その後、ふたりで食彩亭に向かうと、恵子さんがすさまじい勢いで飛び出てきて抱きしめてくれた。

「心春ちゃん、おかえり」

「恵子さん……。心配かけてごめんなさい」

急に辞めてしまったのに、おかえりと迎えてもらえるのがありがたい。

「いいのよ。全部天沢さんから聞いたの。つらかったね。よく頑張ったよ」

まるで母のような温かさに、涙腺が緩む。

「心春ちゃん！」

私たちが抱擁を交わしていると、重さんも顔を出した。

「重さん……。いろいろご迷惑をおかけし――」

「迷惑なんてひとつもかかってない。おかえり」

恵子さんと同じように、おかえりと言ってくれる重さんに「ただいま」と返す。

ここは私のもうひとつの実家だ。

「肉じゃがコロッケ食べるか？」

「はい！」

「待ってな。旦那もね」

重さんが旦那と呼ぶのを聞いて、陸人さんは頬を緩めた。

いろいろあった今でも、重さんは私たちの結婚を祝福してくれているのだ。

重さんが厨房に戻っていくと、恵子さんが話し始めた。

「凛ちゃん、かわいいねぇ。また連れてきてよ」

「ありがとうございます。凛も肉じゃがコロッケが大好きで」

「うれしいわ。天沢さん、ふたりを頼みますよ」

恵子さんが陸人さんに視線を向けて言うと、陸人さんは大きくうなずく。

「もちろんです。全力で守ります」

「あらまぁ、いい男」

恵子さんに茶化されて、私まで照れくさくなった。

肉じゃがコロッケをたくさんもらった私は、今後の勤務についての相談をして食彩亭をあとにした。

名残り惜しかったけれど、これから毎日のように会えるのだから、会えなかった時間をゆっくり埋めていけばいい。

それから私たちは、ふたりで保育園へお迎えに向かった。

「先生！」

門から駆け出てきて陸人さんにしがみつく凛の姿を、園の先生が不思議そうに見ている。

「初めまして。凛ちゃんの主治医をしている天沢と申します」

「あぁ、だから先生なんですね」

担任は納得しながらも、まだどこか腑に落ちない顔をしている。それもそうだ。主治医がお迎えなんておかしいもの。

「今後もお邪魔させていただければと。あの……園の行事に参加させていただくことはできませんか？」

陸人さんの発言に驚いたものの、全力で父親の役割を果たそうとしているのが伝わってきてうれしい。

いろいろ察しただろう担任は、私の顔をちらっと見てうなずく。

「お待ちしています。もうすぐお遊戯会がありますので、ぜひ。凛ちゃん、お姫さまやるんだよね」

「そうなの？」

そんな話は初耳なので凛に尋ねる。

「だって祐くんが王子さまだもん」

あたり前のように返す彼女にほっこりする。これは初恋かも。

「祐くん？」

陸人さんが首を傾げると、凛は再び園舎にすっ飛んでいき、なんと祐くんを連れてきた。

「祐くんだよ」

凛の恋人紹介が始まった。担任も承知しているようで、温かな目を向けてくれる。

「そうか。祐くん初めまして。凛ちゃんのおでこの先生だよ」

陸人さんがしゃがんで挨拶をすると、祐くんが身を乗り出してきた。

「凛ちゃんのケガ治る？」

「治るよ、もちろん」

「ほんと？」

陸人さんの返事にくりくりの目を大きくして白い歯を見せる祐くんは、優しい心の持ち主だ。陸人さんに似ているかも。

「ほんとだよ。凛ちゃんと仲良くしてね」

「うん！　凛ちゃん、バイバイ」

「バイバイ」

あぁ、子供って純粋で素直だ。うれしいときはあからさまに頬を緩め、心配なときは眉尻を下げる。大人になると遠慮したり我慢したりすることが増えて、簡単には表情に表せなくなるのに。

陸人さんと私も、幼い頃はこうだったのかな。同じものに共感して微笑み合い、結婚を約束したなんて、我ながらなかなかロマンチックだ。

凛と手をつなぐと、陸人さんはもう片方の手を自然とつないでいる。凛はそれがうれしいのか笑顔が絶えず、私の顔もほころぶ。

「先生、お遊戯会来る？」

「うん、行こうかな。凛ちゃんのお姫さま見たいなぁ」

仕事は大丈夫なのだろうか。

「凛、祐くんと結婚するの」

「ん？」

いきなりの結婚宣言に驚いて凛の顔を見ると、ちょっと照れくさそうにしている。

「王子さまとお姫さまは結婚するの。だから、大きくなったら祐くんと結婚する」

お遊戯の話かと思ったのもつかの間。本気の結婚宣言に、陸人さんと顔を見合わせた。

「そっか。祐くんのこと好きなんだ」

私が問いかけると、凛は大きくうなずいている。

「うーん、複雑だな。嫁にはやりたくない」

陸人さんがボソッとつぶやくので噴き出した。男親の葛藤なのだろう。

「でも、先生も小さい頃、結婚の約束したんだよ」

「ほんとに？」

凛が陸人さんの腕を引き尋ねると、彼は凛を抱き上げる。

「うん。それで、その人と結婚しようと思ってる。凛ちゃんも叶うといいね」

「うん！」

笑顔のふたりがまぶしい。

凛はその相手が私だとは気づいていないだろうけど、こうして仲を深めていけば理解してくれるかもしれないと思える、幸福なひとときだった。

はちみつケーキで仲直り

食品会社を退職したあと、絵麻にも電話を入れた。

すべてを打ち明けて凛の存在も話すと、『なんで相談しないの！』と叱られたが、電話口の彼女が泣いているのがわかった。

「心配かけてごめんね。絵麻」

『ううん。心春、よく頑張ったね。うちも三歳の女の子がいるんだよ。ひとりで育ててたなんて信じられない』

そうか。この四年の間に、絵麻にも新しい家族ができたのか。

「同じ歳なんだ。……育児ってしんどいよね、結構」

『そうそう。愚痴らないとやってられない。落ち着いたら、凛ちゃん連れて遊びにおいで』

「ありがとう」

彼女にもなにも告げずに消えたのに、こうして温かく迎えてくれるのには感謝しかない。

『天沢さんってあのときの男の子かも……』

絵麻が意味ありげなことを口にするので首を傾げる。

「あのときのって？」

『心春より私のほうが先にリハビリになったでしょ？　リハビリ室に行くとき、廊下に絵本を握りしめた男の子がいたの。お母さんと一緒だったんだけど、ここまでよと言われて泣きそうになってた。なんで中に入らないんだろうって不思議で、印象に残ったんだよね』

絵本って……。間違いない、陸人さんだ。

「そっか……」

あの頃からの縁がこうして再びつながってよかったと心から思う。

『すごい純愛だよね。天沢さんのこと、大事にしなよ』

「うん、そうする」

陸人さんは私と凛を幸せにすると約束してくれた。それなら私が陸人さんを幸せにする。そう胸に誓った。

食品会社を退職したものの、ずっとバタバタしている。急ピッチで引っ越しの準備を進めているのだ。

保育園が遠くなるのが心配なのだが、せっかく祐くんという友達ができた凛を転園させるのも忍びなく、電車で通う覚悟をしている。陸人さんがいるときは送ってもらえそうだし。

引っ越しの荷物がほとんどまとまった一月中旬の土曜日。私は凛を連れて実家に行くことになった。

迎えに来てくれた兄に初めて会った凛は、不思議そうにじっと見ている。

「おじちゃん、誰？」

「おじちゃんか……。お母さんのお兄ちゃんだから、お兄さんって呼び方はどうかな？」

「おじちゃんでしょ？」

それはさすがに無理があるので指摘すると、兄は顔をしかめている。

「陸人はなんと呼ばれてるんだ？」

「先生」

「クソッ。なんか高尚じゃないか。まあいいや。凛、謙一さんでいい」

「凛ちゃんだもん！」

呼び捨てされたのが気に入らない凛は頬を膨らませてプイッと横を向いた。

「早速嫌われてる……」

おかしくて噴き出すと、兄は大きなため息をついている。

離れている間に兄も男の子を授かったのだが、女の子の扱いは慣れていないようだ。

その点、すっと凛の懐に入った陸人さんはすごいんだなと感じた。

「まったく。凛ちゃん、絵本買ってきたぞ」

「ほんと？」

「字がたくさん読めるんだって？　すごいな、陸人に似たのか？」

「お兄ちゃん！」

まだ父親だと名乗っていないのだから、余計な発言は控えてよ。

目配せすると、しまったという顔をしている。

「ごめんごめん。乗って」

凛はもらった絵本に夢中でなにも気づいていない様子だ。ホッと胸を撫で下ろして兄の車に乗り込んだ。

車で一時間と少し。住宅街の一角にある一軒家の我が家は、以前と変わっていない。

ずっと絵本に夢中になっていた凛は、車を降りて首を傾げた。

「おじいちゃんとおばあちゃんのおうち。凛、ご挨拶できるかな？」

昨晩話したのだが、遊びに夢中で耳に入っていなかったようだ。

「おじいちゃん？」

「うん。凛のおじいちゃんとおばあちゃん。凛に会いたくて待ってるの」

きょとんとしている彼女は、陸人さんを皮切りにたくさんの人に次々と会わされてびっくりしているのかもしれない。

「そっか。じゃあ行こー」

人見知りしない彼女らしい。あっさりした様子に、「お前と全然違うな」と兄が笑っていた。

絵本を抱えたまま私と手をつなぐ凛は、ためらいもせず足を進める。一方私は、緊張でのどがカラカラだった。

陸人さんは、『全部話してあるからただ行くだけでいい』と言っていたけれど、そういうわけにもいかない。

兄が先陣を切って入っていくと、すぐに母が顔を出した。そして私を見て顔をゆがめる。

「心春……」

「お母さん、心配かけてごめんなさい」

「うん。陸人くんから聞いてる。でも、ひとりで全部背負わなくても」

涙声で言われて、胸に迫るものがある。

「ごめんなさい」

「はじめまして。おばあちゃんです」

次に母は凛の顔を覗き込み、笑顔で声をかけた。

「本宮凛です。三歳！」

三本指を立てた凛の力んだ挨拶に笑みがこぼれる。いつの間にかこんなふうに自己紹介ができるほどしっかりしたんだなとほっこりした。

「上手に挨拶できるのね。凛ちゃん、ちょっと……ギュッとしていいかな」

うっすら涙を浮かべる母が凛に問うのを聞き、私まで泣きそうになる。孫を抱ける日がこんなに遅くなってしまって申し訳ない。

「いいよ」

「ありがと」

母は顔をくしゃくしゃにゆがめながら、凛を抱きしめた。

結果的に私は、ふたりがこうして触れ合う時間まで奪ってしまったのだろうか。陸人さんの幸せを邪魔してはならないと思い詰めた末の行動だったが、罪悪感も募る。

「上がって。ケーキ好き？」

「好き！」

涙は封印して笑顔になった母が尋ねると、凛は元気に答えて私と一緒にリビングに向かった。

しかし、ソファで待ち構えていた父を見て萎縮したようで、背中に隠れてしまう。

「お父さん、心配かけてごめんなさい」

「うん……」

父は軽い相槌を打っただけで黙り込んだ。

「お父さん、それじゃあ凛ちゃんが怖がるでしょう？」

母があきれている。

「でも、なんと言えばいいんだ」

「素直にうれしがればいいんですよ。早く凛ちゃんに会いたいとソワソワしてたじゃないですか」

そうなの？

父の態度が冷たく感じられたので、怒っていると思ったのに。

「凛。おじいちゃんよ。挨拶できる？」

「嫌ぁ」

母には元気よく名乗ったのに、父への警戒心は拭えない様子だ。でも、張り詰めた空気が漂っているので、凛の気持ちもわかった。

「さっきは上手にお名前教えてくれたのにね。おじいちゃん、顔が怖いから。凛ちゃん、こっちでケーキ選んでね」

母が凛をうまくキッチンに連れていってくれた。さすがはふたりの子を育てた経験者だ。

「親父。気持ちはわかるけど、陸人の話を聞いただろ？ 心春だって考えに考えて――」

「わかってる」

兄がかばってくれたけれど、バッサリ切られてしまった。

「お父さん、勝手なことしてごめんなさい」

「お前は悪くない」

もう一度謝罪したものの、父は険しい顔を崩さず視線を合わせてくれない。

「だったら愛想よくしてやれよ」

兄が口を挟んだが、私は首を横に振って制した。私が悪いのだ。

「本当にごめんなさい」

「心春に怒っているわけじゃない。私は自分の行いを悔いているんだ」

どういう意味？

父がチラリと凛に視線を送る。すると母が気づいて、「ケーキ、違うお部屋で食べようか。おもちゃもあるんだよ」と凛を別の部屋に連れ出した。凛に聞かせたくない話があるのかもしれない。

「座れ」

凛と母が出ていくと、父にソファを勧められて兄とふたりで腰掛ける。

「どういうことだよ、親父」

兄がけしかけると、父は難しい顔をして口を開いた。

「事件のあと、天沢くんと心春の仲を引き裂いたのは私だ。まさか、こうして今日まで縁が続くなんて思ってもいなくて……」

それはそうだろう。ましてや私は陸人さんの記憶を失っていたのだから当然だ。

「心春の記憶がなくなったのは衝撃だった。でも、心を守るための自己防衛反応だという医者の言葉に納得した。それなら、決して事件を思い出させてはいけないと、心春に会いたいと泣く天沢くんの面会を断り続け、あちらの親御さんに二度とかかわらないでほしいと伝えた」

陸人さん、そんなふうに泣いてくれたんだ。

「もちろん、天沢くんが悪いわけじゃないとわかっていた。でも、大切な娘が命を脅かされるような危険な目に遭ったあとでは、冷静に物事なんて考えられない。とにかく、心春を守りたい一心だった」

「お父さん……」

膝の上の手をギュッと握りしめて、あの頃の感情を吐露する父は、大きく息を吸い込んでから続ける。

「でも、天沢くんが病棟の廊下で、『神さま、僕の命を心春ちゃんにあげて』と涙を流しながらつぶやいていたのを見てしまったんだ」

陸人さんが？

初めて聞く事実に目を瞠る。

絵麻が陸人さんらしき男の子を見たと話していたが、やはり彼だ。会えなくても病院に通ってくれていたんだ。

「心春。お前が姿を消した理由は謙一から聞いた。天沢くんの足かせになりたくなかったんだな」

父の問いかけにうなずく。

「でも、天沢くんの心春への想いは本物だぞ。自分の命をあげると言った頃から、きっと心春のことだけを想い続けてきたんだ。結婚と聞いたときは、罪の意識からだろうと思っていた。でも、心春が姿を消したあと、あんなに憔悴した姿を見たら……」

父は唇を噛みしめ、記憶を探るように視線を宙に舞わせる。

兄も『お前がいなくなってほんとボロボロだった』と言っていたが、父の目からもそう見えたんだ。

「『心春さんを愛することは、そんなに罪深いのでしょうか。愛してはいけないのでしょうか』と苦しそうに吐き出すのを見て、天沢くんの気持ちを疑った私がバカだったと思った」

「陸人さんが、そんなこと……？」

父は大きくうなずき、再び口を開く。

「お前が見つかって、子供までいると知って、天沢くんは土下座しに来たよ。幸せにすると誓ったのに苦労をさせてしまった。でも、どうしても心春と一緒に生きていきたいと」

土下座までしたの？

「だからもう、心春の人生は天沢くんに預けることにした。心春は、それでいいんだな？」

その質問にうなずいた瞬間、我慢していた涙がほろりとこぼれていった。

「事件のあと、引き離して悪かった。あのまま友達でいられたら、今頃幸せな家庭を築いていたかもしれないのに」

『自分の行いを悔いている』というのは、そういう意味だったの？

「ううん。お父さんは私を守ってくれたの。陸人さんだってわかってる。彼は今でも昔を思い出さなくていいと言うの。でも、もし今後つらい記憶がよみがえったとしても、陸人さんと一緒なら乗り越えていける。……ありがとう、お父さん」

私がお礼を口にすると、父は目頭を押さえながらうなずいた。

それからケーキを食べてリビングに戻ってきた凛に、父がおそるおそる近づいていく。すると凛は、「おじいちゃん怖くないって。これ、ありがと」と木製の野菜のおもちゃを父に掲げた。母が言い聞かせてくれたのだろう。

「本宮凛。三歳！」

そして改めて大きな声で自己紹介をする凛が愛おしくてたまらない。

「凛ちゃん元気だな。また遊びに来てくれるかい？」

父はおそるおそる凛の手を握ったが、凛の笑顔は変わらない。

「いいよ」

凛の上から発言に兄が噴き出していたが、心温まるひとときだった。

今日は顔合わせだけということで早々に帰ることにしたけれど、外に出ると陸人さんが待ち構えていたので驚いた。

「先生！」

「凛ちゃん、こんにちは」

凛は陸人さんに駆け寄り、笑顔を見せる。

「仕事は？」

「夜勤明け。病棟上がってたら少し遅くなった。ごめん」

彼は謝るけれど、そもそも今日は家族だけで会う予定だったのだし。

「そりゃ気になるよな。でも安心しろ。問題ない」

兄が大雑把(おおざっぱ)すぎる説明をしたが、陸人さんは笑顔でうなずいた。

「凛ちゃん、これどうしたの？」

陸人さんは凛が持っている絵本とおもちゃについて尋ねている。

「これはね、変なおじちゃんとおじいちゃんがくれたの」

「変な……。俺？」

兄が顔をしかめるので、陸人さんが体を震わせてクスクス笑っている。

「変なおじちゃん、ありがとうございます」

「陸人、覚えとけよ」

私は知らなかったけれど、このふたり、かなり仲がよさそうだ。

「それじゃ、変なおじちゃんは退散するわ。陸人、頼んだぞ」

「はい。ありがとうございました」

兄が離れていくと、陸人さんは凛を車に乗せた。

その三日後。私たちは引っ越しを済ませた。広くてきれいな部屋に大喜びの凛は、はしゃぎっぱなし。陸人さんはどれだけ忙しくても、できる限り凛との時間を持ってくれる。

片づけを済ませて金曜は病院へ。凛だけでなく私の傷の治療も始まるのだ。

指定された時間に到着したものの、救急車が入ったので少し待つことになり、凛を連れて売店に向かった。すると正面から吉野さんが歩いてくるのに気づいて緊張が走る。

当初彼女は私に気づいていない様子だったが、「先生、いつ終わるかなぁ」と凛が声を発した瞬間、ハッとした様子で私を見つめた。

「あなた……」

「ご無沙汰しております」

なんと言ったらいいのかわからず、通り一遍の挨拶になった。凛は私を見上げて不思議そうな顔をしている。

「別れたんじゃなかったの？　なんなの、この子」

少し興奮気味に畳みかけてくる吉野さんは、凛に鋭い視線を送る。私はとっさに凛を背中に隠した。

「ケガをして治療に来ました。失礼します」

「待ちなさいよ」

離れようと足を進めたのに、腕をつかまれてしまった。

「私、言ったわよね。あなたがいると陸人さんの将来がめちゃくちゃになるって」

以前同じことを言われたときは、完全に萎縮した。事件について知らなかった私は、陸人さんが私のために人生をなげうとうとしているという言葉に納得し、身を引くことに決めた。

けれど、今は違う。私に向けられている陸人さんの気持ちが、同情や懺悔の念ではなく愛だと確信したから。

「めちゃくちゃになんかなりません」

「は?」

反論が意外だったのか、彼女は目を丸くしている。

「必ず幸せになります。失礼します」

私は凛を抱き上げて、彼女の前から去った。

「ママー、あの人だあれ?」

「先生だよ」

白衣姿だったのでそう言ったが、凛は大きく首を横に振る。

「先生はあんなに怖くないもん。凛のケガ治してくれるもん」

「そうね。……オレンジジュースにする？　それとも、リンゴ？」

売店に到着したので話を変えた。凛まで巻き込みたくはない。

リンゴジュースを選んだ凛と一緒に待合室に戻ると、二十分ほどして陸人さんが処置室から慌てて出てきた。

「待たせてごめん」

「いいんです。お疲れさまでした」

「うん。凛ちゃんごめんね」

陸人さんはしゃがんで凛と視線を合わせてから謝っている。

「怖い先生いた」

「怖い？」

「あぁ、凛。おでこ診てもらおうね」

私は吉野さんについては触れず、凛を促した。

新しい生活が始まって約半月。三人の共同生活はかなりうまくいっている。救命救急の激務でへとへとのはずなのに、陸人さんは時間を見つけて凛の相手をしてくれるのでとても助かる。

日曜の今日は陸人さんもお休みで、家族水入らずの時間を持てた。

「くまさんどこ?」

「今日もいないねぇ」

陸人さんに抱かれて大きな窓から山を眺めるのは、もう凛の日課だ。

「つまんない」

「あはは。でもお母さんがはちみつケーキ作ってくれてるぞ」

「うはっ」

凛は両手で口を押さえてはしゃぐ。

ここに引っ越す前も、はちみつケーキという名のホットケーキをよく焼いていたのだが、いつもより笑顔が弾けている。私が家事をしている間、陸人さんと遊んでもらえるのがうれしいのだ。これまでは我慢ばかりさせていたんだなと感じた。

「いただきます」

陸人さんにイスに座らせてもらった凛は、口の周りをはちみつでべとべとにしながらホットケーキを食べ始める。

「陸人さん、少し寝てください」

「大丈夫だって」

昨晩は夜勤で、今朝帰ってきたのだ。午前中は寝ていたけれど、昼食のときに凛に起こされてしまった。

「ダメです。陸人さんが倒れたら、私も凛も困るんです。食べたら寝てください」

「寝なしゃい！」

私たちの会話を聞いていた凛が舌足らずな上に偉そうな言い方で口を挟むので、陸人さんと顔を見合わせて噴き出す。

凛が起こしたんでしょ？

「パパがいなくなったら嫌だもん」

フォークにホットケーキを刺しながら凛が口にしたひと言にドキッとする。

パパって言った？

陸人さんも気づいたらしく、凛をじっと見つめている。

「先生、あとでこぐまさん読んで」

「……うん、もちろん。それじゃあ少し寝させてもらおうかな」

また先生に戻った。言い間違えただけなのかな？

期待しすぎたらダメだ。今の関係がいいだけに、凛に無理強いしたくない。陸人さんもきっと同じ気持ちなのだろう。私に目配せをしたあと、なにも言わずに再び食べ始めた。

陸人さんを寝室に追いやったあと、片づけもせずに凛に付き合った。生きていくために仕方がなかったとはいえ、陸人さんと同居を始めてから、今までスキンシップが足りていなかったと痛烈に感じたからだ。

陸人さんが家にいる間、凛は四六時中彼にべったりでいつも膝の上にいる。私にもきっとそうやって構ってほしかったのに、家事をしているから言えなかったのだと察した。

「公園行く?」

「ううん。先生と行く。先生のほうがおもしろいもん」

陸人さんは運動神経がよく、私よりずっと走り回れるのだ。

私が仕事で陸人さんがお休みだと、保育園を早めに切り上げて公園に繰り出しているようだ。凛はそれが楽しくてたまらないらしく、ふたりの距離は着実に縮まりつつある。

「うーん。それじゃあ食彩亭は?」

「行く! 凛、コロッケ!」

「わかった」

自分でも作れるけれど、やはり重さんの味には敵わない。散歩もかねて食彩亭に行くことにした私は、陸人さんに買ってもらった真っ赤なコートを凛に着せて家を出た。

食彩亭に到着すると、凛が勢いよくドアを開けて入っていく。

「いらっしゃいま……凛ちゃん！」

接客を担当している恵子さんが凛に気がつき、笑みを浮かべた。再びここで働くようになってから、何度も凛を連れてきているのだ。まるで孫のようにかわいがってもらい、凛も大好きな空間になっている。

「こんにちは。お邪魔します」

「なに言ってるのよ。いつでも連れておいでって言ったじゃない。あなた」

恵子さんが厨房に声をかけると重さんも出てきて目尻を下げた。

「凛ちゃんじゃないか。またべっぴんさんになったなぁ」

「先週会いましたよ？」

会うたびに凛を褒めてくれる重さんもデレデレだ。

「かわいいコート着て」

「先生が買ってくれた！」

自慢げな凛は重さんに歩み寄り、「中も！」と淡いピンクのセーターまで見せている。

凛はなかなかおしゃれ好きなのだ。今日は胸のあたりまで伸ばした髪をツインテールにしてリボンをつけたら、大喜びしていた。

「そう。先生と仲良くやってるんだね」

「仲良しー。でも一番は祐くん」

陸人さんも祐くんには負けたらしい。将来のお婿さん候補なのだから仕方がないか。

「お総菜を買いに来たんです。肉じゃがコロッケありますか？」

「あるよ。待ってな」

重さんは奥から、揚げたてのコロッケを六つも持ってきてくれた。

財布を出したが、「水くさいな。いらないよ」と受け取ってもらえない。

「陸人さんに叱られますから。重さんの料理にお代を払わないなんてありえないです」

残りものをもらうのとはわけが違う。まだ売れるのだから支払いは当然だ。

「そう……。それじゃあ旦那につけとくよ」

「旦那ってなあに？」

コロッケを受け取り、ホクホク顔の凛が尋ねている。

「あっ、間違えた。先生だった」

事情を知っている重さんがペロッと舌を出すと、恵子さんが肘でつついている。

　陸人さんは凛の気持ちを最優先にと、仲を深める努力をしている最中ではあるけれど、やはりできるだけ早めに私たちの関係をはっきりさせるべきなんだろうな。

　天沢家の問題もある。陸人さんは両親と何度か話し合いの場を持ったようだが、いまだ芳しい返事は聞こえてこない。吉野さんとの縁談を望んでいた両親だけに、おそらく私との結婚を反対しているのだろう。急に孫までいると言われても、簡単に受け入れられない気持ちもわかるので、あえて触れないようにしている。

「先生優しいだろ？」

「うん。すごーく。でも叱られた」

　重さんに尋ねられて、急に顔をしかめる凛に驚く。そんな話は聞いていないからだ。

「なんで？」

「凛、こぐまさんいるか窓を開けたの。そうしたら……」

　そんなことがあったの？

　三十二階にある陸人さんの部屋では、ベランダに出るのを禁止している。もちろん、落ちたら命がないからだ。あのマンションに引っ越したとき、最初にそれを言い聞かせて指切りもした。だから大丈夫だと思っていたのに。

「こぐまさん？」

「お山にいるの」

恵子さんの質問に答えた凛だが、顔をゆがめている。

「凛。ベランダに出たらダメってお約束よ」

「ごめんなさい」

凛は眉をハの字にして瞳を潤ませた。

「もうしないよね」

「うん」

重さんの念押しに、ポロリとこぼれた涙を拭う凛は大きくうなずく。

「天沢さん、いいお父さんしてるじゃない。甘やかすだけじゃ子供はまっすぐ育たない。気に入られないといけない微妙な時期でもちゃんと叱れるんだから、これからも心配ないわね」

恵子さんが私の耳元でささやくので、納得した。

よくない行為を正すのは親の重要な役割だ。私以上に親として凛にかかわれている陸人さんに感謝した。

コロッケを持った凛と一緒に食彩亭を出ると、人が立ちふさがったので視線を向ける。

「やっと会えた」

冷めた口調でつぶやいたのは、吉野さんだった。

「あ……」

凛は覚えていたようで、妙な声をあげて私にしがみついてくる。

「まだここで働いていると聞いて何度か通ったんだけど会えなくて」

「そうでしたか」

私は会いたくなかった。でも、この先に進むには彼女との話し合いは避けられないのかもしれないと覚悟を決めた。

「天沢のご両親があなたに会いたいとおっしゃってるの。陸人さんに訴えても会わせないの一点張りで埒が明かない。それで連れてきてほしいと頼まれたのよね。陸人さんには内緒で」

あちらの両親との関係が良好だと言いたいのだろうか。かすかに頬を緩める彼女の表情は自信に満ちあふれている。

「わかりました。ですが今は……」

凛の前でこんな話をしてほしくない。

私が渋ると、彼女は小さなため息を落とし、凛を見て「面倒ね」と漏らす。

「なにがでしょう」

　凛に向けられた言葉に腹が立ち、言い返した。すると眉をひそめる彼女は「悪かったわよ」と一応謝罪する。しかし、そのふてぶてしい態度から、本当に反省しているわけではないのがありありとわかった。

「一度家に帰ってからご実家にお邪魔します。それでよろしいですか？」

　陸人さんに凛を預けて、食彩亭で仕事を頼まれたと嘘をついて家を出よう。彼を起こしてしまうことになるが仕方がない。

「わかりました。お待ちしてます」

　彼女は意味深長な笑みを残して踵を返した。

　不思議がる凛に「ちょっとお留守番してほしいな」と言い聞かせ、一旦マンションに戻った。

　陸人さんに打ち明けないまま彼の実家に行くのは忍びないが、ここは私が乗り越えなければならない壁のような気がする。陸人さんだって、私の両親にひとりで立ち向かい、頭を下げてくれたから今があるのだ。

　凛と陸人さんとそして私の三人の未来のためならなんだってできる。

陸人さんには食彩亭に行くと嘘をついて凛を預け、彼の実家に向かった。

天沢家に足を踏み入れるのは、四年前に結婚の挨拶に来て以来だ。緊張しつつチャイムを鳴らすと、吉野さんが顔を出した。天沢家の一員のような振る舞いに驚きつつ、案内されてリビングへと向かう。

吉野さんに続いて部屋に入ると、お父さまとお母さまが待ち構えていた。

「ご無沙汰しております」

「どうぞ。座ってください」

お父さまは険しい顔で私をソファに促す。吉野さんは両親のうしろに立った。

「強引にすみませんね。陸人に会わせてほしいと言っても聞く耳を持たないので」

「はい」

「単刀直入に言います。これで陸人から離れてください。三歳の子がいるとか。今後の養育費もこれで手を打ってもらえませんか？　それなりの額は用意したつもりです」

お父さまはテーブルに茶封筒を置く。かなり厚みのあるそれは、手切れ金のつもりなのだろう。

こんな手段を取られて驚きはしたが冷静でいられた。それは、陸人さんと凛との生活をなにがあっても守るという強い気持ちがあるからだ。

「受け取れません」

「お願いです。陸人をこれ以上振り回さないでください。あなたの傷の治療も、ほかに腕のいいドクターを探しましたので紹介します。陸人はなにもしてない。あの子だって被害者なんだ。もちろんあなたを巻き込んでしまったことは申し訳ないと思っています。でも――」

「事件は関係ありません。私は陸人さんを愛しています。陸人さんも傷への同情や贖罪の意識ではなく、私を好いていると言ってくださっています」

私はお父さまの訴えを遮った。

陸人さんと再会する前の私なら、こんな反論はできなかった。彼を苦しめたくないと身を引いただろう。

でも、陸人さんの心の中に私と凛への強い愛がたしかに存在しているとひしひしと感じる今、ほかの誰かになにを言われても考えを曲げる気はない。

「あなたは関係なくても、我が家はあるんだ。私たち家族をもう許してくれないか」

お父さまが頭を下げるので焦る。

「許すなんて……。私、恨んだりしてません。傷痕が残ってしまって苦しかったのは本当です。でも事件について聞かされても、陸人さんやお父さま、そしてお母さまを恨んだことは一度もありません。だって皆、被害者じゃないですか。たまたま私がケガをしただけ」

きっとお父さまは、自分の仕事上のトラブルが事件のきっかけになったことを、お母さまは、事件のとき一緒に公園にいたのに助けられなかったことを悔やんでいるのだろう。私と同じように、蓋をしたい過去なのだ。

けれども、誰ひとりとして間違ったことはしていないのだから、恨みつらみの感情なんて微塵もない。

「どうか陸人さんとの結婚を許してください。勝手な思い込みで、黙って子供を生んだことは謝ります。申し訳ありません。でもあのときは、陸人さんを苦しめたくなくて……」

吉野さんが冷ややかな目で私を見つめている。彼女の発言がきっかけで遠回りをしたが、誘拐事件を知らずにあのまま結婚しなくてよかったのかもしれない。

あの事件とその後の互いの感情と向き合い、それでも一緒に生きていくと決めた今、陸人さんとの絆はいっそう深まった。

「あなたの葛藤はわかっているつもりだ。ふたりの結婚を受け入れるべきだと考えたこともあったが、やはり別の道を歩いたほうが幸せになれる。陸人は吉野さんと結婚させ――」

お父さまが話している途中で、玄関のチャイムがけたたましく鳴りだした。ドアホンを確認するお母さまの肩越しに、陸人さんの姿が映っているのが見えて目を丸くする。

「心春、いるんだろ？　開けてくれ」

凛を抱いている彼は、切羽詰まった様子で訴えている。

お父さまに視線を送ったお母さまが玄関に向かうと、ほどなくして陸人さんが駆け込んできた。

「なんでこんな勝手な……」

「ママ！」

陸人さんの腕から下りた凛が胸に飛び込んできたので強く抱きしめた。

私はこの子と陸人さんとの穏やかな生活だけを望んでいる。凛は必ず守る。

「なんですか、これは？」

テーブルの上に置いたままの茶封筒を見つけた陸人さんは、目をつり上げた。

「何度も言ったはずだ。結婚は好きだの惚れただのだけではやってはいけない。何年かしたらきっと後悔する。苦しくなっても、心春さんを放り出せないんだぞ」

「放り出す？　ありえない。心春を失ったら、俺は生きていけない。会えなかったこの四年、どれだけ苦しかったか。でもいつか捜し出すと心に決めていたから踏ん張ってこられた」

陸人さんはわかってもらえないのが悔しいのだろう。唇を噛みしめて声を振り絞る。

「もう離れるつもりはないよ。一生、心春と一緒に歩いていく」

その強い言葉が私を幸せにしてくれる。

この先も、もしかしたらこれは愛じゃないと言う人が出てくるかもしれない。けれど、私が陸人さんの愛をたしかに感じているのだから、誰にどう思われても構わない。

陸人さんは私と凛に視線を送ったあと、吉野さんのほうに顔を向ける。

「吉野。何度も話したと思うが、俺は心春以外の人と人生を歩むつもりはない。吉野が優秀なドクターなのはわかっている。同僚として切磋琢磨（せっさたくま）していきたい」

「でも……」

「父や母が結婚をけしかけたのは謝る。だけど、俺は最初からそう伝えていたはずだ。もう二度と心春を傷つけないでくれ」

陸人さんがきっぱり言いきると、顔を青くした吉野さんはふらふらと部屋を出ていき、やがて玄関のドアが閉まる音がした。

「父さん——」

「ママ、はちみつケーキ作って」

緊迫した空気の中、陸人さんが再び口を開こうとすると、私にしがみついている凛が突然ホットケーキを要求する。

急にどうしたのだろう。

「おうちに帰ったらね」

「ダメ。はちみつケーキ食べると皆仲良くなるもん」

凛の言葉にハッとした。

絵本、こぐまさんのはちみつケーキは、ケンカをした森の動物たちが、こぐまさんが作るはちみつケーキを食べて仲直りする話だからだ。

「凛……」

私の服をつかんだまま顔だけお父さまとお母さまのほうに向けた凛は、もう一度話し始める。

「ママは先生が好きなの。先生はずーっと前からママが好き。凛はママと先生と祐くんが好き。皆仲良しがいいのぉ。仲良しは結婚するの！」

必死に言葉を紡ぎ訴える凛を抱きしめた。

私も陸人さんも、凛の前で互いを好きだと口にしたことなど一度もなかった。でも、彼女の目にはそう映っていたのだろうか。

「凛はパパが欲しいの！」

そして続いた言葉に目を見開いた。

凛は陸人さんをそういう存在として認めているの？

ハッとして陸人さんを見ると、あんぐり口を開けている。しかしすぐに頬を緩めて、泣きそうな顔をした。

「俺はずっと前から、そしてこれからもずっと、心春を愛してる。もちろん、凛ちゃんも。好きだから結婚したい」

陸人さんの熱い訴えに、顔をゆがめたお母さまの目から涙があふれた。

「もういいじゃありませんか。そもそも、陸人の幸せを願って反対していたんでしょう？　陸人が幸せだと言うなら、認めてあげましょうよ」

「しかし……」

お父さまは戸惑っているが、涙を拭ったお母さまは私を見つめて再び口を開く。

「心春ちゃんは、陸人を変えてくれたの。お友達も作らずいつもひとりで絵本ばかり読んでいた陸人が心配で、私の育て方が悪いんじゃないかと不安だった。でも、心春ちゃんと出会ってから笑顔を見せるようになってホッとしたわ」

お母さまの話を聞いていると、うっすらと記憶がよみがえってきた。

幼い頃の私は、陸人さんとぴったりくっついて座り、同じ絵本を覗き込んで顔を見合わせて笑っていた。まだ文字を覚えている最中で全部読めたわけではないけれど、ふたりで絵を見て勝手に話を想像して……。楽しかったなぁ。

こぐまさんのはちみつケーキは、陸人さんが暗唱できたので、彼に読み聞かせてもらった。

恐ろしい瞬間だけでなく、幸せな光景も頭に浮かんで心が震える。

「本当に仲がよくて、ずっと微笑ましく思ってた。あんな事件はあったけど、あなたたちの絆は壊れなかったのよね」

お母さまが陸人さんに問うと、彼は大きくうなずいた。

「心春が傷つきながらも必死に生きる姿を見て、俺はもう一度彼女に恋をしたんだ。幼い頃よりもずっと強い気持ちで、心春を想ってる」

両親の前で堂々と私への気持ちを打ち明ける陸人さんに、胸が熱くなる。

「心春ちゃん。あなたはいつも陸人の心の支えだったのに、陸人が傷つくのを恐れてそれを忘れてしまっていたわ。ごめんなさい」

「いえっ。頭を上げてください」

お母さまに深々と頭を下げられて慌てた。謝罪してほしいわけではないし、親として息子を守らなければと考えたのも理解できる。私も凛の親になり、なによりも自分の子が最優先だという気持ちに共感できるからだ。

ただ、私たちの本気を知ってもらいたいだけ。

「ねぇ、あなた。もういいでしょう？　結婚を認めなければ陸人は不幸になるわ。それに、かわいい凛ちゃんにも嫌われちゃう」

お母さまが凛に優しい目を向けてくれるのがうれしかった。

「陸人、お前は本当にそれでいいのか？　この先の人生は長いんだぞ」

「もちろん。心春を失ったら後悔します」

陸人さんが迷うことなく返事をするので、胸に喜びが広がった。彼となら、幸せな未来をきっとつかめる。

「心春さん。失礼なことをしてすまなかった。どうか陸人をお願いします」

陸人さんの返事を聞いたお父さまは、私に深々と頭を下げる。

「こちらこそ、よろしくお願いします」

結婚を認められたこの瞬間は、一生忘れられないだろう。たちまち視界がにじんできて、声がかすれてしまった。

「凛ちゃん、こぐまさんのはちみつケーキ、好きなのね？」

お母さまが湿った空気を払拭するように明るい声で凛に尋ねる。

「だーい好き。知ってるの？」

「もちろん。陸人も心春ちゃんも大好きだったの。もう少し大きくなったら、おばあちゃんと一緒に作ろうか？」

「おばあちゃん？」

結婚という言葉を口にしていても、よくわかっていないようだ。凛はきょとんとしている。

「先生とママが結婚したら、そうなるんだけど……。おばあちゃんになってもいい？」

「うん、いいよ」

凛はいつもの調子であっさりした返事をしたが、お母さまの顔がほころんだ。

「こっちはおじいちゃんね」

お母さまはお父さまを紹介する。

「おじいちゃん？」

これまたきょとんとして凛が漏らすと、お父さまはなんとも照れくさそうな顔を見せた。

その後、お母さまが凛のためにホットケーキを焼いてくれた。

相変わらず口の周りにはちみつをキラキラ光らせる凛は、「仲良し！」と大喜び。

彼女は私たちにとって、かわいらしい救世主だ。

陸人さんの実家から帰宅して夕食を済ませたあと、陸人さんが凛をお風呂に入れてくれた。凛は疲れたようで、お風呂を出た頃にはふらふらしている。

子供っておもしろい。立ったまま寝そうになるなんて……と思ったけれど、陸人さんも忙しいとそうなると話していたなと思い出した。診察室のイスに座ったままふと意識が飛ぶらしいのだ。『一分でもいいから体を休めたいという自己防衛手段さ』と笑っていたが、私の記憶が長い間封じられていたのも、心が強くなるまで脳が助けてくれた気がしている。

お母さまの話を聞いてほとんどすべて思い出した。大男に包丁を振りかざされて背に刺さった瞬間の痛みまでも。リアルな映像が脳裏をよぎり、ショックで傷痕が疼いたものの、陸人さんが守ってくれると思ったら少し和らいだ。

半分寝ている凛をベッドに運んだ頃、陸人さんもお風呂から出てきた。

「凛ちゃん、寝た？」

「ええ。コテッと」

「それじゃあ、心春も入ってきて」

「はい。シャワーにします」

なにげなく言って離れようとすると、腕をつかまれてしまった。

「痛むのか？」

「……少し。いろいろ思い出して、感情が高ぶっているせいですね、きっと」

素直に告白すると、彼は私の腕を引いて再びバスルームに戻っていく。

「陸人さん？」

「俺が洗ってやる」

「えっ？」

着たばかりのパジャマを脱ぎ捨てて、私のセーターに手を伸ばす彼に驚いた。

「じ、自分で！」

「痛むんだから、遠慮するなって」

遠慮しているわけじゃない。いや、多分彼はわかっていてそう言っている。

「ま、待って」

「待たない」

「でもっ……ちょっ……」

押し問答している間にあっさりすべて脱がされた私は、バスルームに入れられてしまった。

恥ずかしさのあまり陸人さんに背を向けると、彼はすぐにシャワーコックをひねる。

そして私の傷に唇を押しつけた。

「つらい？」

「だ、大丈夫……」

「強がるな。心春はひとりで頑張ってきたんだ。もう十分だ」

彼に肩を抱かれてささやかれ、胸に込み上げてくるものがある。

この傷があるせいで心ない陰口を叩かれた。初めて会う人は、敵か味方かと身構えてしまう癖（くせ）は抜けないし、距離を縮めるのも慎重になる。

けれども、陸人さんという理解者がそばにいてくれれば、強く生きていける。

「陸人さん……」

私は体を回転させて彼の胸に飛び込んだ。強く抱きしめられると、張り詰めていた心が緩んでいく。

「もう俺が守るから。つらいときはつらいと言って。ずっと一緒にいる」

「はい」

どちらからともなく重なった唇は、とびきり熱くて溶けてしまいそうだった。

私を労わるように体を洗ってくれた彼に、そのまま抱かれた。

丁寧な愛撫のあと、脚を持ち上げられてつながった瞬間、体に甘い疼きが走り抜ける。

声が漏れそうになるたびに、彼が唇でふさいでくれた。「痛くない？」と何度も確認しつつ進む彼に、優しく体の隅々まで愛されてたまらない幸福で満たされた。

「好きだ」

彼の口から紡ぎだされる愛のささやきが、私の心に充満していく。

「陸人、さん……。好き」

「結婚しよう。もう一生、俺だけのものだ」

改めてのプロポーズに感極まってしまい、涙を流しながらうなずくと、彼は律動を速めて欲を放った。

そのあと、私たちはリビングのソファで様々な話をした。

「今日、どうして来てくれたんですか？」

食彩亭の手伝いに行くと嘘をついたのに、なぜ実家にいるとわかったのだろう。

「凛ちゃんが泣きそうな顔で『怖い先生』と連発して、なにかを訴えようとしてたんだ。前にもそう言ってたなと思い出して、もしかしたら吉野のことじゃないかと思った」

凛が？

私と吉野さんの不穏な空気を感じ取り、私を助けなければと思ったのかもしれない。

「正直に話すと、両親には心春との結婚をあきらめて吉野と結婚しろと説得されてた。もちろん突っぱねた。俺のためを思うなら心春との結婚を認めてくれと何度も話した」

陸人さんは穏やかな口調で話す。すべてが解決した今、もう過去の話だ。

「俺では話にならないと思ったんだろうな。心春に会わせろとしつこくて。結婚を認めてくれなければ会わせない。心春を傷つけるようなことがあれば、俺はもうこの家の敷居を二度とまたがないと宣言したんだ」

「そんな……」

そこまでの覚悟をしてくれていたなんて。

「俺には心春と凛という守るべき人ができたんだから当然だ」

彼は私の肩を抱き寄せて言う。

私も守られるだけの人生ではなく、陸人さんと凛を守れるくらい強くならなくては。

そんな思いが込み上げてくる。

「実家に呼び出されたんだとピンときて、凛ちゃんと少し話をした」

「凛と？」

どんな？

はやる気持ちを抑えながら彼の顔を見ると、かすかに口角が上がった。

「『先生は凛ちゃんのお母さんがずっと昔から好きだった。凛ちゃんが許してくれるなら結婚したいと思っている。大切で特別な人なんだ』って」

「えっ……」

だから凛は彼の実家で私たちの結婚をあと押しするような発言をしたのか。

「そうしたら、『凛は祐くんと結婚するから、先生はママと結婚してもいいよ』って。結婚を許されてうれしいのに、娘を奪われた複雑な心境だった」

苦笑する彼は、私に視線を送って微笑む。

「それで実家に走ったんだ。『パパが欲しいの！』というひと言は、うれしかったなぁ。心春と結婚したいとは話したけど、父親にしてほしいなんて言わなかったのに。

あのとき、絶対に幸せにすると改めて心に誓った」

そうだったのか。

私と陸人さんが結婚したら、彼の両親が祖父母になることにはピンときていなかったのに、陸人さんがパパという存在になるのは承知していたんだな。その上で結婚を認めてくれたのだろう、きっと。

「これから全力で、夫と父になる。凛ちゃんに本当のパパだと胸を張って言えるようにする。だから、俺の隣にいてほしい」

「はい」

私の返事にうれしそうにうなずいた彼は、優しいキスを落とした。

パパの定義

婚姻届を提出した私たちは、晴れて夫婦となった。

陸人さんのプロポーズを受けてからここまで来るのに長い年月がかかってしまったけれど、凛という宝も得られて幸福を噛みしめている。

陸人さんは、二月の半ばにあった保育園のお遊戯会にも顔を出してくれた。舞台の上で懸命に踊る凛を見て「かわいいなぁ」と目尻を下げっぱなし。終わったあと凛を抱きしめて、「凛ちゃんが一番かわいかった」と親バカ全開の発言をしていたが、実に微笑ましい光景だった。

陸人さんとの生活が始まってから、凛は今まで以上に元気になったと思う。いつも笑顔が弾けているのだ。

額の傷も陸人さんの丁寧なケアのおかげで順調に癒えつつあり、安心している。

「凛、待って。ダメ……」

土曜の午後。おやつの準備をしていて目を離したすきに、凛が寝室で仮眠を取っていた陸人さんを起こしに行ってしまい、慌てて追いかけた。

　しかし、ときすでに遅し。無防備に眠る陸人さんの体にドンと遠慮なしに乗った彼女は、「うぉっ」と変な声を出して目覚めた陸人さんを見てご満悦だ。

　夜勤明けで十時過ぎにようやく帰ってきた彼は、また今晩も夜勤だ。もう少し寝かせてあげたかったのに。

「公園！」

　たしかに、そんな約束はしていたけれど、さすがにハードすぎる。

「凛、ママと一緒に行こう」

「ダーメ。先生とボール！」

　凛は結婚したあとも陸人さんを〝先生〟と呼んでいるが、そこはあえて訂正しないようにしている。いつか〝パパ〟と呼んでもらえるようにもっと頑張ると、彼は前向きだ。

「そうだったね、ごめん」

　病院での凛々しい姿は鳴りをひそめ、寝ぼけ眼（まなこ）であくびをする陸人さんの姿は貴重だ。

「まだ寝ててください。凛、行こう」

座ったままでも寝られるという彼だけど、やはり心配だ。治療のときに注意散漫になるのもよくない。救急という最後の砦（とりで）のような役割を果たしているのだから。

「ああ、大丈夫。深く寝たからもう平気」

うーんと伸びをして凛を抱きしめた陸人さんは、「どこの公園行く？」と凛と会話を始めた。

どうやら公園行きは免れそうにない。

「心春。おやつ持って」

「わかりました」

着替え始めた陸人さんに指示をされて、クッキーとドーナツを袋に詰め、私たち用にホットコーヒー、そして凛のためのお茶を水筒に準備した。

凛はこのちょっとしたピクニックが気に入っていて、まだ寒空が広がっているのに行きたがるのだ。

陸人さんにコートを着せてもらった凛は、彼と手をつないでニコニコ顔だった。

「陸人さん、ごめんなさい」

「問題ない。心春だって働きながらここまで育ててくれたんだろ？」

凛の頭を撫でる彼は、にっこり微笑み私たちを促した。

いつも私と通う近所の公園ではなく、広い芝生広場があるここは、凛のお気に入りだ。

駐車場で車を降りると、あたり前のように右手を陸人さん、左手を私に差し出した凛は、ぴょんぴょん飛び跳ねている。

親子三人で公園に繰り出すという、ずっと望んでいた光景が実現して感激ではあるけれど、忙しい陸人さんが無理をしていないか心配だ。

とはいえ、彼も笑顔が弾けていてホッとした。

芝生広場に到着すると、寒さのせいで冬枯れしている芝生の上でボール遊びを始めた。陸人さんに投げ方を教わってから夢中なのだ。

「ここだ」

凛から少し離れて声をかける陸人さん。しかし、まだ投げるのがやっとでコントロールが効かない凛のボールは、とんでもない方向に転がっていく。

「上手になってきたぞ」

ボール拾いが大変なのに凛を褒め続ける陸人さんの姿を見て、子育てはこうあるべきかもしれないと反省した。

失敗しても何度でも投げ続ける凛の顔が自信に満ちあふれているからだ。

私は傷のせいで心を閉ざしてしまったけれど、彼女にはたくさんの人とかかわりながら人生を楽しんでほしい。

しばらくして疲れると、三人でおやつタイムだ。風が少し強い今日は、風よけになりそうな大きな木の根元にシートを敷いて座った。

「寒いー」

クッキーをむしゃむしゃ頬張る凛が、足を投げ出して座っていた私の膝に乗ってくる。動いて汗をかいたので冷えたのだろう。

「そうね。風が……」

「ママの抱っこ温かいね」

笑顔の凛を見て、陸人さんが「それじゃあ」と私の背中のうしろに座り、ふたりまとめて包み込んでくれた。

「先生すごーい」

体の大きな陸人さんは、防風堤のようだ。

「陸人さんが風邪ひいちゃう」

「大丈夫。こうしてれば温かい」

彼はいっそう密着してきて、私の肩に顎をのせた。

「寒いけど、幸せだな」

耳元でつぶやかれ、思わず笑みがこぼれる。

育児は大変だが、きっとこの一瞬もいい思い出になるはずだ。彼と私の幼い頃の日常が今につながっているように。

「ねぇ、先生」

「なに？」

「ママに好きって言った？」

突然なんの質問？

凛の言葉に、冷や汗が噴き出す。

「もちろん言ったよ。今までもこれからもずっと好きって」

陸人さんもなに大真面目に答えているの？

適当にごまかすと思いきやこんな返事で、聞いている私がたじたじだ。

「ママは？」

「へっ、ママ？」

凛に問われて、目がキョロッと泳いだ。

大人はこういう質問は恥ずかしいのよ！と思ったけれど、陸人さんは平然としている。

「ねぇ、好き?」

「……す、好き、よ」

観念して口を割ると、振り向いた凛がニマーッと笑うので余計に恥ずかしい。しかも陸人さんに強く抱きしめられたので、照れくさすぎた。

「祐くんがね、凛のこと好きだって」

「は?」

間が抜けた声を発したのは陸人さんだ。

「凛も好きって言ったの。結婚するね」

「ちょっ……。まだ嫁にはやらん!」

二度目の結婚宣言に、陸人さんは慌てふためいている。でも、私たちも凛くらいの歳で結婚の約束をしたんじゃなかったっけ?

それが叶ってしまったので、余計に焦っているのかもしれないけれど。

私はふたりのやり取りがおかしくて、笑いが止まらなくなった。

食彩亭での仕事も順調で、あっという間にときが流れた。

雪の降る寒い日に、凛が保育園でケガをして野上総合に駆け込んでからもう四カ月と少し。食彩亭の大きな窓の向こうには、桜の木の若葉が色鮮やかに芽吹いていて、勝手に頬が緩んでくる。

こうして美しい景色を見るだけで心が弾むのは、陸人さんがそばにいてくれるおかげで精神的な余裕ができたからだろう。

私もまだまだこれからだ。陸人さんのよき妻、そして凛のよき母になれるよう、花を散らしてもなお、来年に向けて青々と葉を茂らせるあの桜のように強くなりたい。

「七百八十円になります」

今日も食彩御膳が人気で、みるみるうちになくなっていく。

目玉はたけのこの炊き込みご飯だ。旬のたけのこを使った弁当はほかにもあり、天ぷら弁当もよく出ている。

たけのこは下ごしらえが面倒な食材のひとつだが、重さんの手にかかればなんのその。私は下ごしらえ済みのものをもらって帰り、料理に使っている。

実は凛があまり得意ではなくそれを重さんに話したら、グラタンにする方法を教えてくれた。作ってみたら大喜びで食べるようになり、感謝している。

料亭の料理人だった重さんがグラタンのレシピを教えてくれるとは意外だったけれど、『ここはたくさんの人に食べてもらうために開いた店だから、なんでもありだよ』と言われて納得した。

「いらっしゃいませ」

食彩御膳が売り切れた十三時半過ぎ。お客さんが飛び込んできたと思ったら、陸人さんだった。

「あ……。売り切れです」

昨日、たけのこの下ごしらえをしていた重さんから、明日は炊き込みご飯にすると聞いていたので耳打ちしておいたのだ。

「残念」

ガクッとうなだれる彼は、私のそばに来て話し始める。

「痛みは？」

「大丈夫」

実は昨日、傷に初めて注射治療を施してもらった。傷の範囲が広い私は何カ月にもわたり手術を繰り返さなければならないので、まずは注射で様子を見るという判断なのだ。でも、どうしても痛みが伴うため心配しているようだ。

「無理するな」

「はい」

私たちがこそこそ話していると、恵子さんが新しい弁当を並べに店頭にやってきた。

「天沢さんじゃない。食彩御膳、売り切れちゃったわ」

「みたいですね。ほかのをいただきます」

どうやら恵子さんの声が聞こえたらしい重さんまで顔を出した。

「おっ、旦那のお出ましかい？　また仕事さぼって心春ちゃんの顔見に来たな」

重さんは陸人さんを旦那と呼んでいつもからかう。

「仕事はちゃんとしてますよ。今から昼休憩です。救急車が入らなければ、ですけど」

患者は待ってくれないので、休憩なしという日もあるのだとか。

「とか言って、ずっと心春ちゃん目当てで通ってたくせして。弁当は二の次だったでしょ？」

恵子さんが鋭い指摘をすると、陸人さんはバツが悪そうにしている。

「バレてたんですか？」

「わかりやすいよ。でも、当の本人には気づかれてなくて残念だったわね」

「あはは」

わかりやすい？

私は全然気づかなかったのに。

そういえば、『あの人が旦那だったら最高じゃないか』だとか『お膳立てなんてしなくてもばっちり決める』とか、ふたりにけしかけられたな。その通りになったのが、ちょっと照れくさい。

「昔からの縁っていうのにはびっくりしたけどね。旦那、たけのこの炊き込みご飯食べるかい？」

「もちろん！　それを狙ってたんです」

「少し残ってるからおにぎりにする。待ってて」

重さんは厨房に戻っていった。

「肉団子はどう？　できたてだよ」

「いただきます。同僚の分も」

堀田さんの分かな？

吉野さんとはあのあと、陸人さんがもう一度話をした。結局彼女は、別の病院に移ったようだ。

長い間、陸人さんを想い続けていたのにと少し胸が痛んだけれど、話を聞くとどうやらそうでもないらしく……。別の何人かの医師とも関係があったというから驚いた。

ただ、野上総合病院救命救急の将来を背負うと噂されている陸人さんとの結婚が自分のためになると考え、天沢の両親との付き合いは続けていたのだとか。

陸人さんはそれを知っていて、彼女に『結婚は損得を考えてするものじゃない。心を許せると思う人を見つけたほうがいい』と伝えたそうだ。

「毎度、どうも。心春ちゃん、あとよろしく」

恵子さんは陸人さんに弁当をふたつ渡して奥に入っていった。ふたりにしてくれたような気がする。

「あの頃が懐かしいな。結構熱い視線を送ってたつもりだったのに、全然気づいてもらえなくて」

陸人さんはクスクス笑う。

「だって、まさかですよ！」

いつも優しく声をかけてくれる彼にあこがれの気持ちは抱いていたけれど、傷のコンプレックスが強すぎて、遠くから眺めているだけの存在だった。

「まさかじゃない。堀田に『じろじろ見すぎ。気持ち悪がられるぞ』っていつも笑われてた」

「えっ！ 堀田さん、陸人さんの気持ちをご存じだったんですか？」

「ここにアイツを連れてきたら一発でバレた。そのくらい、心春のこと見てたんだな、俺。やっぱ気持ち悪いな」

自虐的な発言がおかしくて、笑みがこぼれる。

「まあ、今となっては笑い話だけどね。奥さん」

陸人さんに〝奥さん〟と言われて、妙に照れくさくなった。

〝笑い話〟で済ませられるほどここまで順調だったわけではないけれど、こうして大好きな彼と一緒にいられることに感謝しながら、歩いていこうと思っている。

重さんからおにぎりを受け取った陸人さんは、「心春をお願いします」と丁寧に頭を下げてから慌ただしく出ていった。

「いい旦那だねぇ。私が惚れそうだわ」

「お前は黙ってろ」

恵子さんのつぶやきに不機嫌になる重さんは、ちょっぴり妬いているようだ。ケンカもするけれど、重さんは恵子さんをとても大切にしているし、恵子さんも料理人としての重さんを自慢に思っているはずだ。

私たちも、互いに支え合える夫婦になれればいいな。

食彩亭の仕事を終えて、保育園に一直線。春から一学年上がった凛は、小さい子の面倒をよく見ているのだそう。

「ママ！」

満面の笑みを浮かべて出てきた凛は、将来の旦那さま候補の祐くんとしっかり手をつないでいる。

「凛、お待たせ。祐くん、こんにちは」

「こんにちは。凛ちゃんバイバイ」

ハキハキ挨拶できる祐くんは、なかなか素敵な男の子だ。凛は今でも額に治療用のテープを貼っているが、誰かにからかわれるたびに助けてくれるのだという。

「天沢さん、遠足のお手紙入れておきましたのでご覧ください」

「わかりました。ありがとうございました」

きりのいい四月で、苗字を本宮から天沢に変更してもらった。陸人さんが大好きな凛は、〝天沢凛ちゃん〟と呼ばれるのがうれしいようだ。

担任と話をしたあと、凛と手をつないで駅へと向かった。

「もう遠足の時期なんだね」

去年は仕事を休んで動物園に行った。

「先生来てくれるかな……」

「ママじゃダメ？」

「三人がいい！」

保育園は両親ともに仕事をしているケースが多く、参加したとしても母親だけということがほとんどだ。私はお休みをもらえると思うけど、陸人さんはどうだろう。

「そっか。先生に聞いてみよう」

「うん！」

無理だったとき落胆しそうだなと思いつつも、三人で行きたいという凛の気持ちも無視できない。それに……本当は私も少し期待している。

「今年はどこ？」

「水族館！　お魚いっぱーい、いるって。凛はくまさんがいいな……」

どこまでもくま好きの凛がおかしい。

去年行った動物園では、あまりの大きさに驚いて逃げたくせに。

「くまさんはいないなぁ。楽しみだね」

「うん！」

陸人さんと一緒に暮らしだしてから、凛の笑顔が増えている。いまだ〝先生〟という呼び方は変わらないが、ふたりの関係は良好だ。

その日は救急車が重なり、勤務が延びた陸人さんと顔を合わせる前に凛は眠りについた。

二十二時過ぎに帰宅した彼は、シャワーを浴びたあと真っ先に凛の寝顔を見に行く。

「かわいい顔して寝てた」

遅い夕飯をテーブルに並べると、彼は早速食べながら話を始めた。

「ずっと待ってたんですけど、コテンと」

「待たせたのか。悪かったな」

申し訳なさそうにしているけれど、これぱかりは仕方がない。それに……。

「大丈夫です。陸人さんがなんでも治しちゃうお医者さんだと園で自慢してるみたいなんです。寂しいときもあるかもしれないですけど、陸人さんが自慢なんですよ」

「それは光栄だ」

陸人さんは照れくさそうにはにかんでいる。

「起きてたのは、遠足に来てほしいとお願いしたかったからなんです。五月なんですけど……」

「水族館か。くまがよかったって言いそうだな」

お知らせを渡すと、彼がそう漏らすので噴き出した。

「言ってました」

「やっぱり」

陸人さんも白い歯を見せる。

「もちろん行く。まだシフトもいじれるはずだし、楽しみだ」

よかった。三人での遠足が叶う。

翌朝、目覚めた凛に「遠足行くぞ」と陸人さんが伝えると、うれしさのあまりベッドの上で飛び跳ねていた。そんな凛の姿を見て、目を細める陸人さんが微笑ましい。

土曜の今日は陸人さんも休みで、久々に三人で午前中から買い物に出かけた。

凛の洋服を次から次へと買う陸人さんは少々過保護なパパだけど、会えなかった三年分の愛情を注いでいるようにも見える。

といっても、彼は甘やかしてばかりでもない。悪いことをしたらきちんと叱るよき父親でもある。

レストランで昼食を食べてから家に帰ると、病院から電話が入った陸人さんは、スマホ片手に書斎に向かった。

凛が絵本を読み始めたのを見た私は寝室の掃除を始めたのだが、「凛！」という陸人さんの怒鳴り声がして、血の気が引いた。

なにがあったのかとリビングに駆け込むと、陸人さんがキッチンで凛を前に目をつり上げている。

「凛？」

「ここは、ママがいないときには触らないと約束したはずだ」

どうやらクッキングヒーターの電源ボタンを押そうとしたらしい。オール電化ではあるが、もちろんトッププレートは熱くなるので火傷(やけど)の恐れもありとても危険だ。

「火傷で死ぬ人もたくさんいる。命は助かっても傷が残る。火傷を甘く見るな」

厳しい言葉だが、医療の最前線で闘っている彼の発言は重い。ひどい熱傷で助からない患者もたくさんいると聞いている。

「ごめんなさい」

「凛ちゃんはケガをしたら傷が残りやすいと説明したよね。ママも先生も、凛ちゃんにつらい思いはさせたくないんだよ。凛ちゃんが大好きだから」

しっかり目を見て伝える陸人さんの気持ちが届いたようで、涙目の凛は「はい」と素直に反省している。

「うん、いい子だ。ママみたいにご飯が作れるようになりたかった？」

うなずいた凛の目から、大粒の涙がこぼれた。

「そうだよな。でも、ママか先生が一緒のときじゃないとダメだぞ。ママだって最初はそうだったんだよ。もう少し大きくなったらひとりでできるようになる」

叱ったあと怒りの感情を引きずらず、凛の気持ちも汲む陸人さんはパーフェクトな父親だ。私だったらしばらくガミガミ言ってしまいそう。

「なに作ろうとしたの？」

「はちみつケーキ」

リビングの床に、こぐまさんのはちみつケーキの絵本が転がっている。

突然思い立ったのだろう。子供らしいといえばそうだが、やはり危険は教えておかなければ。

「そっか」

「凛、先生ともっと仲良くなりたいの。パパになってほしいの」

そのあと放たれた言葉に、陸人さんが目を丸くする。そして私も。

「凛。先生はもう凛のパパなのよ」

歩み寄りしゃがんで伝えると、彼女は首をひねっている。当然わかっていると思っていたけれど、違うの？

「パパって言ってもいいの？」

凛の質問に、陸人さんが頬を緩めて彼女を抱きしめる。

「もちろんだ。パパって呼んでいいのは、世界で凛ちゃんだけだよ。凛ちゃんだけの特権だ」

陸人さんの声がかすかに震えている。この日を待ちわびていたからだ。

「ずっと我慢してたの？」

「うん。だって先生だもん。保育園の先生、ママじゃないもん」

だから頑なに先生と呼んでいたのか。

園の先生をママと呼ばないから、誰からも先生と呼ばれる陸人さんをそう呼んではいけないと思い込んでいたようだ。

子供の思考はときに突拍子もないのだと知った。

「そうか。我慢させてごめん」

陸人さんは凛を見つめて申し訳なさそうにしている。

「凛ちゃん。大事なお話があるんだ」

そして続いた言葉に緊張が走った。彼がこれから口にするだろう話がわかるからだ。

「なに？」

いつも通りあっさり返事をする凛は、くりくりの目で陸人さんをじっと見ている。

「あのね。先生は、凛ちゃんの本当のパパなんだ」

「パパ？」

「そう。今まで寂しい思いをさせてごめん。そばにいられなくてごめん。でも、もうずっと一緒にいるから」

陸人さんがそう言った瞬間、凛は彼の胸に飛び込んだ。

「パパー」

「ごめんな。怒ってもいいんだよ」

彼女をしっかり抱きとめる陸人さんは、感極まったような表情を浮かべる。

「ヤダぁ。凛、パパが好きだもん」

「凛……」

ようやく、この日がきたのだ。

ふたりの抱擁を見ていると、視界がにじんできた。

「パパ、痛いよぉ」

「あっ、ごめん」

どうやら陸人さんの手に力が入りすぎたようで、苦情を食らっている。叱られた陸人さんだが、その顔は喜びで満ちていた。

「パパ、凛ちゃんのこと、凛って呼んでもいい？」

「うん！　祐くんのパパ、祐って言うよ」

〝変なおじちゃん〟こと兄には、今でも呼び捨てされるのを嫌がっているが、もしかしたら呼び捨てはパパの特権だと思っているのかも。

思いもよらないことに気づかされ、改めて日々の会話は大切だなと思う。

「ありがとう、凛。パパとママと三人でずっと仲良く暮らそうな」

「うん！　パパ、こぐまさん読んで」

甘える凛を、陸人さんがもう一度しっかり抱き寄せる。

「よーし。読むぞ」

私に視線を送りうなずいた陸人さんが凛をソファに連れていく姿を見ていたら、我慢しきれなくなった涙がこぼれてしまった。

それから私はホットケーキを作り始めた。

はちみつをたっぷりかけたそれを口いっぱいに入れてうれしそうな凛と、そんな凛に優しい眼差しを向けて感慨深そうな顔をしている陸人さん。

私たち家族は、今日からまた新たな一歩を踏み出すのだ。

「凛、お口に入れすぎだぞ」

「パパ、たへなふと……」

「なに言ってるかわかんないよ」

白い歯を見せる陸人さんは、凛を愛おしそうに見つめた。


五月半ばの金曜日。遠くの山には、生命力を感じる柔らかな黄緑色をした木々の若葉が生い茂っている。

晴れ渡る空を見上げて、「行くよ！」と私たちを急かす凛は、お菓子を詰めた小さなリュックを背に満面の笑み。

今日は待ちに待った遠足なのだ。

陸人さんは日勤になりそうだったが、堀田さんが快く交代してくれたのだとか。周囲の人たちが私たち親子を温かく見守ってくれているのがありがたい。

「心春、弁当持つよ」

「ありがとう」

早朝から張り切って作った弁当には、凛の大好物の肉じゃがコロッケをはじめ、白だしにつけ込んだ鶏肉の唐揚げやだし巻きたまごなど、重さんに教えてもらったおかずがたくさん入っている。

「凛。危ないから手をつないでね」

私が手を差し出すと、凛は最初に私の手を握り、次にもう片方の手で陸人さんの手をつかんだ。最近はどこに行くときもこのスタイルで、幸せを噛みしめている。

「クジラさんいるかな」

この日のために、絵本で海の生き物について勉強済みの凛がつぶやく。

「クジラは大きいからいないかもな。イルカはいるぞ」

陸人さんも忙しい合間を縫って水族館について調べたようだ。

「イルカさん乗れる？」

「うーん。凛はちょっと無理かな」

絵本にそんなシーンがあったからだ。

陸人さんの返事に「なんだぁ」と落胆している。どうやら本気で乗るつもりだったらしい。子供の思考は想像できないほど広く、楽しいものなのだ。

私や陸人さんも、幼い頃は絵本の世界にトリップして、非日常を味わっていたのかもしれない。

保育園周辺の道路には観光バスが何台も到着していて、凛のテンションが上がっていく。

門をぐぐると祐くんが凛を見つけて駆けてきた。

「凛ちゃん!」

「祐くん!」

はしゃぐ凛を見つめる陸人さんは、「おっ、王子さま登場」と口元を緩めた。

バスに乗り込み、いよいよ出発だ。ちゃっかり祐くんの隣をキープした凛は、おしゃべりに花を咲かせている。

水族館までは一時間弱。

「イルカさんがいるんだって。祐くん見たことある?」

「ない」

「凛も」

そしてふたりでキャキャッと笑い合う。

今の会話のキャッチボールのどこがおかしかったのか、私にはわからない。でも、祐くんとならなんでも楽しいのだろう。陸人さんとこうしてふたり並んで座っているだけで気分が上がっている私と同じように。

凛たちの様子を見ていると、陸人さんがこっそり私の手を握ってきた。

ハッとして彼を見ると、にやりと笑っている。

「俺たちもデートしよう」

小声でささやかれて目を丸くする。

デートだなんて。

「そんな……」

「だって俺たち、凛の眼中にないぞ」

「それもそうですね」

まだこんなに小さいのに、心を許せる友達がいるのは素晴らしいことだ。凛と祐くんの縁が私たちと同じようにずっと続くといいな。

水族館に着くと、園児たちははしゃいで一斉に駆け出していく。凛もそのうちのひとりで、陸人さんが慌てて追いかけて止めた。

「凛。ほかの人の迷惑になるから走ってはいけません」

「はーい」

陸人さんが注意していると、どこからか子供の泣き声が聞こえてくる。

「祐、大丈夫？」

どうやら祐くんが転んでしまったようだ。慌ててお母さんが抱き起こし、先生も焦った様子で駆け寄った。

顔をゆがめてわんわん泣きだした祐くんは、膝をすりむいている。それに気づいた凛は、陸人さんの手を引っ張って祐くんのもとに行った。

「パパ、先生だよ。治してくれるから大丈夫」

凛が祐くんを慰めると、彼は即座に泣きやんだ。

「祐くん、お膝診せて。心春、バッグ」

陸人さんは祐くんの膝を確認しながら、私が持っていたバッグを要求する。応急処置用具が入れてあるのだ。

日頃救急を担当している陸人さんはすり傷くらいお茶の子さいさいで、あっという間に治療を済ませてしまった。

「ありがとうございます」

「とんでもない」

祐くんのお母さんに深々と頭を下げられて、陸人さんは恐縮する。担任の先生も「助かりました」と安堵していた。

「凛ちゃんのパパ、すごーい」

「でしょー」

笑顔が戻った祐くんが陸人さんを褒めると、凛がしたり顔をしている。それを見た陸人さんと私は、目を合わせて微笑み合った。

「よーし。たくさん見るぞ。もう走らないこと。お約束できる？」

陸人さんが小指を出すと、凛と祐くんがそれぞれ絡める。

「指切りげんあん、嘘ついたら針千本飲ーます」

どうやら間違えて覚えている凛は、声高らかに歌い、祐くんと手をつないだ。

平日の今日はほかのお客さんは少なく、大きな水槽の前には園児たちが並ぶ。皆、魚が悠々と泳ぐ姿に目を輝かせている。

私と陸人さんはうしろでその様子を眺めていた。

本当にデートをするつもりなのか、陸人さんはさりげなく手をつないでくる。

「恥ずかしいです」

「見てないって」

たしかに、誰もこちらを見てはいないけれど。

「心春。俺が休みの日に食彩亭も休めない？」

「休めると思いますけど、どうして？」

「ふたりきりでデートしたい。凛がいる時間はもちろん楽しいけど、心春とふたりの時間も大切にしたい。凛にはいつか祐くんみたいなナイトが現れて俺たちのもとを旅立っていく。でも、心春とは一生一緒だ」

一生一緒……。

陸人さんの人生を縛りたくないと悩み苦しんだけれど、彼とともに生きることはあらかじめ決まっていた運命だったのかもしれない。

「そうですね」

陸人さんの言葉を聞いていると、胸に温かいものが広がっていく。

死がふたりを分かつそのときまで、手に手を取り合って生きていきたい。

「心春」

「ん？」

「俺に幸せをくれてありがとう」

「えっ……」

思いがけない言葉をかけられて、とっさに返せない。それは私のセリフだからだ。

「凛を生んでくれてありがとう。俺を信じてくれて……ありがとう」

「陸人さん……」

彼が噛みしめるように言うので、いろんな感情が込み上げてくる。

「なあ、式挙げようか」

「結婚式？」

「そう。心春のドレス姿が見たい」

ウエディングドレスにあこがれはあるけれど、凛もいる今、結婚式を挙げられるとは思ってもいなかった。

「うれしい」

「式を挙げたら……もうひとりどう？」

陸人さんの提案に驚き顔を見上げると、少し照れくさそうに微笑んでいた。

「心春が大変なのはわかってるんだけど、俺も育児頑張るから。家族が増えるといいなと思って」

控えめに言うのは、私の負担を気にしているのだろうけど……。

私は彼の手を強く握り返した。

「心春？」

「私も、凛の妹か弟が欲しいです」

こんな幸せな未来を考える日がやってくるなんて。

「ほんと？」

「ほんと」

笑いかけると、彼はいきなり私の腰を引いて唇を重ねた。

「ちょっ……」

少し触れただけで離れたものの、こんなに人がたくさんいるのに。しかも、凛も先生も、ほかの保護者たちもいるのよ？

「心春が悪いからな」

「なんで私？」

「心春がかわいいから悪い。こうして触れているだけで、抱きたくなるんだよ」

「な、なに言って！」

慌てて少し離れると、彼はおかしそうに白い歯を見せる。

「冗談……でもないな」

「はっ？」

「今晩は激しめでも許せ」

茶化した調子で言っているけれど、本気な気がする。

「ママ！」

そのとき、凛が駆け寄ってきたので真顔を作った。

「お熱あるの？」

いきなりなに？

「ないわよ。どうして？」

「お顔、赤いもん」

なんて鋭い。陸人さんだけでなく凛にもたじたじにさせられるとは。

「ママ、照れてるんだよ」

「なんで？」

「なんでかなぁ。ママに聞いてみたら？」

ちょっと陸人さん！　なにけしかけてるの？

「そ、それよりどうしたの？」

私は無理やり話を変えた。

「そうだ！　おっきいイカさんいた。イカフライできる？」

凛のとんでもない発言に目が点になる。

「フライにするのか……。さすがは料理上手の心春の娘だ」

陸人さんがお腹を抱えて笑いだした。

そういえば、弁当にもイカリングを入れてきた。今日は魚介類を避けるべきだったかもしれない。

「あのイカさんはしないかな」

「じゃあ、イルカさん？」

「イルカさんもちょっと……」

私が困っていると、陸人さんが凛を抱き上げた。

「ここにいるお魚さんは食べないんだ。食べたらいなくなっちゃうだろ？　パパと一緒にあっちも見に行こうか」

「うん、行く！」

さっきまで祐くんに夢中だった凛だけど、陸人さんに抱かれてはしゃいでいる。

「顔の赤い心春も行くよ」

「もう！」

陸人さんのたくましい背中を見て思う。

私は彼を信じてついていく。そして、凛と、もしかしたら将来授かるかもしれないもうひとりの子と一緒に、誰もがうらやむような温かい家庭を築こう。

私たちが歩いてきた道は平坦ではなかったけれど、彼と一緒なら幸福は保証されているから。

「パパ、あとでイカさん食べようね」

「だから、食べないって」

マイペースな凛の発言に苦笑する陸人さんは、隣に並んだ私の手をそっと握って微笑んだ。

特別書き下ろし番外編

娘と妻が好きすぎてつらい　Ｓｉｄｅ陸人

愛する心春のドレス姿を見たくて、九月下旬のよき日に結婚式を挙げてはや一年。今日は保育園の運動会だ。凛は朝から張り切って念入りにダンスの練習を繰り返していた。

「そろそろ凛の出番よ」

お腹に子を宿し、現在妊娠五カ月の心春は、苦しい悪阻の時期を乗り越えて優しい笑顔を見せる。

「かわいいなぁ。世界で凛が一番かわいい」

「親バカなんだから」

出番を待つ凛の写真を撮りながら漏らすと心春はあきれているが、彼女も内心そう思っているに違いない。

ほかの園児とともに両手に持った赤いポンポンを振りながら演技をする凛を見ていると、自然と頬が緩んでくる。普段、緊張を強いられる仕事をしているため、凛や心春の笑顔は癒しなのだ。

「上手にできてる」

心春はホッとした様子だ。

凛は少し体が小さめではあるが、きびきびと動いてひときわ目立っている……というのも、親バカフィルターがかかっているせいかもしれないけれど。

たまに謙一くんに連絡を取ると『お前の親バカ、妻溺愛は死んでも直りそうにないな』と笑われるが、かわいいものはかわいい、愛おしいものは愛おしい。

無事にダンスを終えると、凛は俺たちに向かって手を振りながら退場していった。

「最高だった。あとは、親子かけっこか」

「陸人さん、足、速そうですよね」

「凛と心春にいいところを見せないといけないから、頑張るよ」

かけっこは、五、六歳児のクラスしかないので、凛も今年が初めてなのだ。あまり足が速いとは言い難い凛だけど、張り切って公園で走る練習をしていたのでなんとか俺がカバーしたい。

そして、かけっこの召集の時間がやってきた。

「頑張ってください」

「まかせとけ」

心春に大きなことを言ってから立ち上がったが、真面目に走るのなんていつ以来だろう。

召集所に行くと、「パパ！」と凛が駆けてきた。

「凛。ダンス上手だったぞ」

「えへへ」

褒めると得意げに笑う凛は、俺の手を握った。

この小さな手を父親として握れるようになるまでに随分時間はかかったが、空白の三年を埋められたのではないかと思うほど幸せで充実した毎日を過ごしている。

「さぁて、かけっこも頑張ろう」

練習を積んできた凛は笑顔で「うん！」と返事をした。

最初に園児が走り、途中で保護者にバトンタッチするのだが、なかなか身軽そうな父親たちが勢ぞろいしていて、簡単には勝たせてもらえそうにない。

入場が近づいてくると、凛の顔が引きつりだした。

「凛、緊張してるの？」

「負けちゃったらごめんなさい」

「なんだ。そんなことは気にしなくていい。一生懸命走ればいいんだよ」

誰だって負けるのは悔しいけれど、勝ち負けだけが大切なわけではない。とはいえ、まだこの歳の子がそれを理解するのは難しいか。

「ほら、ママも応援してる」

困ったときの心春だ。心春に向かって一緒に手を振ると、凛の顔に笑顔が戻った。母親の力は絶大だ。

いよいよ凛の出番。緊張した面持ちでスターターピストルの音が鳴るのを待っている。俺は所定の位置でスタンバイした。

――パン。

乾いた音が鳴り、園児六人が一斉にスタート。凛は出遅れてしまい、最後尾からついていく。

「凛、頑張れ！」

必死の形相で足を前に運ぶ凛に声援を送っていると、先頭を争っていた男の子ふたりの脚がもつれて転んでしまい、さらにはその次を走っていた女の子が転んだふたりを避けられず、そこに突っ込んだ。

転倒に巻き込まれた女の子の膝が、倒れていた男の子の頭に思いきりぶつかったのが見えたため、駆け寄りそうになる。しかし、後続の三人は走り続けていて凛がやってくる。

どうすべきか一瞬迷ったが、俺は医者だ。『凛、ごめん』と心の中で謝りながら足を踏み出すと、なんと一度は通り過ぎた凛がその男の子のところに戻って、「パパ！」と俺を呼んだ。

全速力で駆け寄り、男の子の様子を観察する。

「大智（だいち）！」

父親も同時にやってきて、大智くんを抱き上げようとした。

「動かさないで。救急医をしています。私に任せてください」

大智くんは意識を失っていた。おそらく脳震盪（のうしんとう）を起こしている。

「大智くん、わかる？」

俺は声をかけ、軽く腕をつねって刺激を与えながら呼吸を確認する。呼吸は正常だったが、まぶたは開かない。

「救急車を呼んでください」

「大智！」

「落ち着いて。脳震盪を起こしていると思われますが、大丈夫ですから。私が付き添います」

真っ青な顔をしている父親を安心させるためにそう言ったあと、いつの間にかやってきていた心春に抱きついて心配そうにしている凛に視線を合わせる。

「ごめんな、凛」

「パパ、頑張って」

せっかくの練習を無駄にしてしまったが、凛にそう言われてホッとした。

救急車が到着する前に、大智くんは意識を取り戻した。とはいえ、まだ安心はできないので救急車に一緒に乗り込んで病院に向かった。

近くの病院に運ばれた大智くんは見立て通り脳震盪という診断で、脳出血などはとりあえず見られなかった。安堵した両親に盛んにお礼を言われたが、医者としてあたり前の対処をしただけだ。

慌てていたので財布すら持たずに来てしまった。どうやって帰ろうと我に返ると、

「陸人さん」と心春の声がした。

「パパ！」

振り返ると、凛が勢いよく胸に飛び込んでくる。

「凛。パパ、走れなくてごめんな」

「ううん。すごーくかっこよかった」

そういえば凛も大智くんのところに戻って俺を呼んだっけ。優しい子に育っていてうれしい。

凛を強く抱きしめると、心春が微笑んでいた。

「運動会は？」

「あとは閉会式だけでしたから、すぐに終わりました。お弁当はパパと一緒がいいからって」

「そっか。凛、ありがとう」

保育園の運動会はそもそも昼までで、年齢の高いクラスの子たちは家族や友達と一緒に弁当を食べて帰ることになっていた。そのため、朝から心春が豪華な弁当を作ってくれたのだ。

「心春も来てくれてありがと。体調悪くない？」

悪阻は収まってきたとはいえ、妊婦なのだ。無理はさせたくない。

「大丈夫。お疲れさまでした」

心春の笑顔を見てホッとした。

その後三人で公園に行き、弁当に舌鼓(したつづみ)を打った。凛が握ってくれたちょっといびつな形のおにぎりには具も入っていなかったが、最高にうまかった。

帰宅すると、凛はさすがに疲れたようですぐに昼寝を始める。コーヒーを出してくれた心春とソファに並んで座った。

「本当にお疲れさまでした」

「俺は大したことはしてないよ。凛、かけっこできなくてへこんでなかった？」

コーヒーをのどに送ってから尋ねると、心春は首を横に振る。

「ううん。パパかっこいいって。あーちゃんにも何度もそう話しかけていました」

〝あーちゃん〟というのはお腹の赤ちゃんのことだ。赤ちゃんを略してあーちゃんらしい。

「私、大智くんが意識を失っているのを見て取り乱しそうだったんです。そうしたら凛が、パパがいるから大丈夫って言うの。いつの間にか頼もしくなって」

頬を緩める心春の腰を抱き、うなずく。

「優しい子に育ってるね。心春が頑張ってくれたおかげだ」

凛は出会った頃からいつも心春を気遣うような心根の優しい子だった。心春が悪阻で苦しんでいる間も、わがままひとつ言わず『ママ大丈夫？』と手を握って励ますような娘だ。

「私はガミガミ怒っていただけですから」

心春はそう言って笑うが、凛をひとりで生み、立派に育ててくれた彼女には感謝しかない。

「あーちゃんのお姉ちゃんは優しいね。なにも心配いらないから、元気に生まれておいで」

「あっ」

心春のお腹に手を当てて話しかけると、かすかに動いたような。心春も声をあげたので、きっと間違いない。

「動いた?」

うなずく心春は、目尻を下げる。

「あーちゃんの胎動、初めて。今日の凛と陸人さんの頑張りに影響されたのかも」

「心春。四人で幸せになろうな」

「もちろん」

俺は世界で一番愛おしい妻を抱き寄せて、そっと唇を重ねた。

——俺の親バカ、妻溺愛は永遠に直りそうにない。

END

あとがき

陸人と心春、そして凛の物語はいかがでしたでしょうか？　私はよく作品をリンクさせるのですが、陸人がヒーローとして登場することを予測できる方はいらっしゃらないだろうなと思いつつ書かせていただきました。ちなみに、同じくベリーズ文庫の『天敵御曹司と今日から子作りはじめます』に子供時代の彼がチラッと。心春も名前は出ていませんがその隣に。実はあの作品を書いてるときから、この子を書きたいなと思っていて実現しました。

今作はシークレットベビーでしたが、心春はひとりで子育てに奮闘したでしょうね。私にも息子がおりますが、幼い頃の育児はそれはもう筆舌に尽くし難いほど大変でした。ちょっと言い過ぎかもしれませんが、感覚としてはそんな感じ。疲れていると、笑い飛ばせば済むようなことでも過剰なまでに叱りつけてしまったり、あからさまにため息をついてしまったり……。息子が小さい頃は余裕がなかったとはいえ、反省しなければならないことがいっぱいです。とはいえ、母親も一緒に成長していくもの。〝あなたがとても大切です〟ということを伝え続けていれば、少々失敗しても大丈夫かな……と思います。

今は、息子がいつか天に召されるとき「生まれてきてよかった」と思ってくれるといいなと願っています。私が先に逝くでしょうから見守ることはできませんが、目指すはその一点のみ。長い人生、成功もあれば失敗もあります。他人が幸福だと感じることが自分もそうだとは限らないし、その逆も然り。幸福の尺度のようなものを周囲から決められがちですが、そんなものは自分で決めればいいと思います。誰もが認めるような大きな幸せがどかんと来なくても、自分が幸せだと感じられるものがあると素敵ですよね。宝くじはどかんと当たってほしいですが……。買ってないので買うところから始めなければ。

最後までお付き合いくださいました皆さま、ありがとうございました。また別の作品でもお会いできますように。

佐倉伊織

佐倉伊織先生への
ファンレターのあて先

〒104-0031
東京都中央区京橋1-3-1
八重洲口大栄ビル7F
スターツ出版株式会社　書籍編集部　気付

佐倉伊織先生

本書へのご意見をお聞かせください

お買い上げいただき、ありがとうございます。
今後の編集の参考にさせていただきますので、
アンケートにお答えいただければ幸いです。

下記URLまたはQRコードから
アンケートページへお入りください。
https://www.berrys-cafe.jp/static/etc/bb

別れを選びましたが、赤ちゃんを宿した私を一途な救急医は深愛で絡めとる

2022年3月10日　初版第1刷発行

著　　者　佐倉伊織
©Iori Sakura 2022

発 行 人　菊地修一

デザイン　カバー　ナルティス
フォーマット　hive & co.,ltd.

校　　正　株式会社鷗来堂

編集協力　妹尾香雪

編　　集　須藤典子

発 行 所　スターツ出版株式会社
〒104-0031
東京都中央区京橋1-3-1　八重洲口大栄ビル7F
TEL　出版マーケティンググループ　03-6202-0386
（ご注文等に関するお問い合わせ）
URL　https://starts-pub.jp/

印 刷 所　大日本印刷株式会社

Printed in Japan

乱丁・落丁などの不良品はお取替えいたします。
上記出版マーケティンググループまでお問い合わせください。
定価はカバーに記載されています。

ISBN 978-4-8137-1233-6　C0193

ベリーズ文庫 2022年3月発売

『エリート脳外科医は契約妻を甘く溶かしてじっくり攻める』 宇佐木・著

医師の父親をもつ澪は、ある日お見合いをさせられそうになる。大病院の御曹司で、片想いしていた幼なじみ・文尚にそれを伝えると、「じゃあ、俺と結婚する?」と言われ契約結婚することに！　愛のない関係だと自分に言い聞かせながらも、喜びを隠せない澪。一方、文尚も健気でウブな澪に惹かれていき…。

ISBN 978-4-8137-1231-2／定価726円（本体660円＋税10%）

『冷徹弁護士、パパになる～別れたはずが、極上愛で娶られました～』 宝月なごみ・著

スクールカウンセラーの芽衣は、婚活パーティで弁護士の至と出会い恋に落ちる。やがて妊娠するも、至に伝える直前に彼の母親から別れを強要され、彼の前から消えることを選ぶ。1人で子を産み育てていたある日、至と偶然再会し…！　空白の時間を埋めるように、彼から子供ごと一途な愛で抱かれて!?

ISBN 978-4-8137-1232-9／定価704円（本体640円＋税10%）

『別れを選びましたが、赤ちゃんを宿した私を一途な救急医は深愛で絡めとる』 佐倉伊織・著

幼少期の事故で背中に大きな傷痕がある心春は、職場の常連客であり外科医の天沢に告白される。すべてを受け入れてくれた彼と幸せな日々を過ごしていたが、傷痕に隠されたある秘密を知ってしまう。天沢は自分を愛しているわけではないと悟り彼の元を去るも、お腹には彼の子を宿していて…!?

ISBN 978-4-8137-1233-6／定価726円（本体660円＋税10%）

『溺愛過多～天敵御曹司は奥手な秘書を逃さない～』 水守恵蓮・著

製薬会社で働く茉帆は、新社長・九重の秘書に任命される。彼の顔を見た茉帆は愕然。「私を抱いてください」――九重は、茉帆が大学時代に自ら抱いてほしいと頼み込んだ相手だった！　彼が覚えていないことを祈るも「気付いていないとでも思った?」願いは届かず、なぜか茉帆に溺愛猛攻を仕掛けてきて…!?

ISBN 978-4-8137-1234-3／定価737円（本体670円＋税10%）

『天才パイロットの激情は溢れ出したら止まらない～痺れるくらいに愛を刻んで～』 きたみまゆ・著

航空管制官として空港で働く里帆は、彼氏に浮気され失意のままフランスへ旅行へ行く。ひったくりに遭いそうになったところを助けてもらったことをきっかけに、とある男性と情熱的な一夜を過ごす。連絡先を告げずに日常生活へと戻った里帆だったが、なんと後日彼がパイロットとして目の前に現れて…!?

ISBN 978-4-8137-1235-0／定価715円（本体650円＋税10%）

ベリーズ文庫 2022年3月発売

『【ベリーズ文庫溺愛アンソロジー】極上の結婚2～若旦那&CEO編～』

ベリーズ文庫の人気作家がお届けする、「ハイスペック男子とのラグジュアリーな結婚」をテーマにした溺甘アンソロジー！　第二弾は、「田崎くるみ×若旦那と契約結婚」、「葉月りゅう×CEOと熱情一夜」の2作品を収録。

ISBN 978-4-8137-1236-7／定価715円（本体650円＋税10%）

『8度目の人生、嫌われていたはずの王太子様の溺愛ルートにはまりました～お飾り側妃なのでどうぞお構いなく～2』 坂野真夢（さかのまむ）・著

ループから抜け出し、8度目の人生を歩みだしたフィオナ。王太子・オスニエルの正妃となり、やがてかわいい男女の双子を出産！　ますます愛を深めるふたりだったが、それをよく思わない国王からオスニエルのもとに側妃候補である謎の美女が送り込まれて!?　独占欲強めな王太子の溺愛が加速する第2巻！

ISBN 978-4-8137-1237-4／定価726円（本体660円＋税10%）